救世主

THE SAVIOUR

MIZUKI Hiromi

水生大海

光文社

救世主

装幀　坂野公一＋吉田友美（welle design）
写真　Adobe Stock

――愛知県名古屋市中区栄《なごやなかさかえ》の路上で、本日、午前四時ごろに、近くを通りかかった人から、路上に横たわったままの男性がいると消防に通報がありました。

男性は頭から血を流した状態で、その場で死亡が確認されました。

死亡した男性は二十代から三十代ほどで、警察は事故または事件に巻きこまれた可能性があるとみて身元の確認を行っています。

八月二十六日・Jテレビ・お昼のニュースより

――昨日《さくじつ》、愛知県名古屋市中区栄の路上で死亡した男性が見つかった件で、愛知県警察本部はこの男性が、岐阜市の会社役員、今西龍宏《いまにしたつひろ》さんであると発表しました。

また、亡くなった今西さんには頭部をはじめとする複数箇所の傷があり、死因は後頭部を殴られたことによるものとわかりました。

警察は殺人事件とみて中《なか》警察署に捜査本部を設置し、捜査を進めています。

八月二十七日・Jテレビ・お昼のニュースより

1

八月二十七日午前八時半、マスコミ発表の前に、中警察署の講堂において捜査会議が開かれていた。集まったのは愛知県警察本部刑事部捜査第一課を中心に、中署刑事課、機動捜査隊、応援の地域課と生活安全課、周辺の署から集められた捜査員たちだ。

現場こそ裏通りの路地だったが、栄一帯はオフィスビルや商業ビル、ホテル、レジャー施設が立ち並び、会社員、学生、ファミリー、観光客など雑多な人間が押し寄せる一大繁華街だ。当然のように夜は歓楽街となり、西には錦《にしき》三丁目、東にはかつて女子大小路《じょしだいこうじ》とも称された栄四丁目がその名を轟《とどろ》かせている。両者は縦横の大通りをはさんだ斜めの位置の徒歩圏内にあり、大小の飲食店はもちろん、女性が安心して飲めるカフェからぼったくりバー、ファッションヘルスまで、多岐にわたる店が広がっている。客引きやスカウトなどによる各種のいざこざも多い地域で、顔見知りによるものと流しの犯行のどちらの可能性もあり、応援の捜査員は当該地域に明るいものを中心に選ばれていた。

捜査を主導するのは、愛知県警察本部——県警だ。捜査会議は捜査一課の山城《やましろ》課長、磯部《いそべ》管理官、中署の柳田《やなぎだ》署長を前方の幹部席に置いて、実動部隊を指揮する島崎《しまざき》係長を司会に進められている。改めて事件の概要や被害者の身元、現場での押収品、前日までに行われた現場周辺の聞き込みや関係者聴取の結果などが発表された。

通報を受けて先に駆けつけたのは消防だった。事件当夜に降っていた雨のせいで、被害者の身体《からだ》はすでに冷たくなっていた。

身長は一七〇センチほどで中肉の男性。服装は黒色のTシャツ、カーキ色のハーフパンツ、茶色のサンダルだ。付近で発見された緑色の傘から本人の指紋が検出されている。所持品は小型のボディバッグで、中には大ぶりのサングラスとそのケース、キーケースが入っていた。なおスマートフォンと財布は発見されていない。

致命傷となったのは後頭部にある二ヵ所の傷だ。ほかにも背中に一ヵ所、左腕にも一ヵ所、同じ鈍器でつけられたとみられる挫創、裂創があった。後頭部の傷のひとつは割られた骨の間から脳《のう》漿《しょう》が見え、雨水と血が混ざりあっていた。背中の傷も骨を砕いている。被害者は傘を差していただろうから、背後から背中を殴って動きを封じたあと、頭に攻撃を転じたものと思われる。左腕のものは、防御の際にできたとみられ、腕時計にも当たったのか損壊していた。動かない針が示した時刻は01:20だ。これが偶然なのか犯人による時間の偽装か議論となったが、司法解剖によって出た死亡推定時刻が午前一時から午前二時だったため、襲われた時刻とみて間違いないだろうという結論に至っている。

目撃者はまだ見つかっていない。防犯カメラは確認の途中だ。

一方、身元の判明は早かった。指紋を照合したところ二件の逮捕歴が出たのだ。今西龍宏、三十二歳、逮捕時の住所は東京だ。財布で携行しているのか所持品にはないものの運転免許証のデータがあり、現在の住所は岐阜市となっている。家族は父親と母親で、母親との連絡が取れた。なお、愛知でも十五年前の高校生のころに補導歴があり、捜査本部に招集された、当時中村《なかむら》警察署に勤務していた捜査員が覚えていた。名古屋駅西口近くの路上でカツアゲを行ったそうだ。

龍宏は大学入学を理由に上京し、十数年を武蔵野《むさしの》市及び中野区で暮らした。大学卒業後はアパレル店で働き、その後飲食店に移っている。一度目の逮捕は六年前、強制性交等罪、二度目は一年と少し前、窃盗罪で、どちらも起訴はされていない。それぞれの逮捕後に職を失っていて、二度目の逮捕後に父親の縫製工場、有限会社IMANISHIに入っている。母親の弁によると、父親の信宏《のぶひろ》が病に倒れたのを機に家業を継ぐため帰郷した、とのことだが、東京にいづらくなった可能性もある。

被害者がそういう経歴の持ち主だとわかった捜査本部の空気は、わずかに重くなった。被疑者につながる事件や人物が多いと見込まれるためだ。そのつながりを発端に一気に解決をみるか、逆に長期化してしまうのか、まるで読めないが、今はとにかく拾えるだけの情報をかき集めるしかない。岐阜県警には一課長から話を通してあった。

どんな生き方をしてきた人物でも、命を失ったという無念に犯人逮捕という形で報いる。それが我々の使命だと、司会の島崎が声を張り上げた。

母親と連絡が取れたことにより、前日の行動も明らかになっている。

龍宏は、男性の友人三名と錦三丁目近くの居酒屋鳥菱《とりひし》で食事をしていたが、その友人に翌朝の急な仕事が入り、午後八時半ごろに友人三名が退席。龍宏がひとり残った。

友人の氏名は、田神輝樹《たがみてるき》、伊佐治大吾《いさじだいご》、近藤安実《こんどうやすみ》。田神と伊佐治の二名はタガミ建設の社員で、田神は同社社長の息子である。そのふたりに仕事が入ったのだ。近藤は別の会社に勤めているが、四人の移動に自身の車を出していて、帰りの「足」がなくなるという理由で一緒に帰っていた。

龍宏は三名と別れたあと、途中は不明だが、午後十時半から栄四丁目にある行きつけのガールズバーＲＩＯで飲んでいた。店主によると、午前一時すぎに退店したそうだ。消化器官に残る滞留物から、証言に間違いはないとみられる。

なお友人たちによると、龍宏の持っていた財布は、グッチのロゴが型押しされた長財布で手に入れて間もないこともあり、よく見せびらかすかのようにヒップポケットに入れていたとのことだ。当日もそうだった気がするが、はっきり覚えていないという。入っていた金額は不明だが、過去には万札を二桁持っていたこともあるそうだ。財布自体もそれなりの値段で売れる品だ。そこから強盗の筋も考えられた。ただし強盗であれば背中の傷だけで終わっていた可能性もあり、加えて、なぜボディバッグは持っていかなかったのかという疑問も残ってはいる。

情報共有が終わり、捜査の分担が伝えられた。各々が与えられた役割に沿って調べを進めるために散っていく。

ひな壇にいた島崎が、直属の部下である嵐山暁《あらしやまあき》に向けて叫んだ。

「台風女《たいふうおんな》、今回もいい情報を引っぱってこいよ」

講堂に残っていた捜査員の視線が、暁に集まった。驚いているもの、不思議そうにしているもの、にやついているもの、さまざまな目に晒《さら》される。暁はそれを跳ね返すように彼らをぐるりと睨《にら》みまわした。それから島崎へと近寄って、見据える。

「島崎係長、その雑なあだ名はやめていただけませんか」

「雑か？　だって嵐山おまえ、台風みたいな引きのよさがあるじゃないか。台風は中心に向かって風が吹いているだろ。捜査に必要な情報を周囲から一気にかき集めてきてほしいと、そういう願いを籠《こ》めているわけだ」

「そういった願いは捜査員全員に籠めてください」

「もちろんだ。だから今回、福田《ふくだ》をおまえと組ませたわけだ。福田はうちの期待の星だからな」

福田友哉《ともや》巡査長は中村署の刑事課強行犯係を経たあと、県警本部に配属されたばかりの二十八歳の新人だ。暁と一緒に、被害者の周辺を当たる鑑取《かんど》りを担当するように指示されていた。

「ですがわたしも県警はまだ三年目で、その期待の星である福田のことを考えれば、もっとベテランの捜査員につけるほうがよいのではと思いますが」

「不満か？」

島崎が薄く笑っている。

「不満ではありません。ただ少々、荷が重いと感じています」

「おまえ、任官して十一年だっけ、いや十二年か？　そんなに経《た》ってるヤツがなにを言うか。署の刑事課にだって、福田が警察官になるまえからいただろ。バリバリに仕事をこなす年回りなんだよ。実際、嵐山は台風並みのパワーでガツガツ仕事をしてるから、そのパワーを後輩に見せてやれってことだ。……それにだ」

島崎の言葉に妙な間がまじった。手招きをして、声を落とす。

「適材適所、捜査対象者の属性に合わせた対応を考えてのことだよ。嵐山たちには、今西龍宏のいた会社に行ってもらう。ＩＭＡＮＩＳＨＩの従業員は技能実習生と中高年のご近所さんパートで、女性ばかりだそうだ。同性の嵐山と、イケメンの福田なら口も滑らかになるはずだ」

「同性ならの部分はギリギリ理解しますが、イケメンならはまずいんじゃないですか。コンプライアンスに抵触しますよ。島崎係長だってわかってるから小声になったんでしょ」

福田は、島崎の率いる班のなかでは顔立ちもスタイルも見栄えのするほうだ。暁は身長が一六八センチあり、多少の差であれば男性相手でも背の高さを感じない。だが福田は明らかに高い。一八〇センチ台の中盤だろう。

「使える武器はなんでも使え。ためらうな」

島崎は悪びれない。

「加担したくはありませんが、本人が納得して使うならと伝えておきます」

「おまえの武器は台風だからな。いい引っかかりをつかめ。だが今度こそは風神《ふうじん》よろしく破壊するなよ」

「破壊?」

「おう。ただでさえアパレル業界は斜陽産業だから気をつけろ」

「いつだって破壊なんてしてませんよ。……それ、福田には言ってないでしょうね」

「福田は知っているよ。嵐山巡査部長は昔のバイト先や捜査で関わった会社を軒並み潰していて合計十社にもなるって聞きましたけど本当ですか、って俺に訊《き》いてきた」

誰かが酒の席ででもおおげさに吹聴したのだろう。たしかに高校、大学時代のアルバイト先のコンビニや喫茶店が、順に潰れていった。事件関係先が潰れたこともある。だが十社とは濡《ぬ》れ衣《ぎぬ》にもほどがある。なにより暁が潰したわけではない。

「バイト先が潰れたのは不況のせいです。飲食店の廃業率は高く、一説によると開業して三年以内に七割が潰れるともいいます。事件関係先が潰れたのも、社長や社員が犯罪に関わっていたからです。わたしのせいではありません。そうやって島崎係長がひとのことを台風女だの破壊神《はかいしん》だのとおもしろがって煽《あお》るから――」

「破壊神じゃなくて風神な。知識の披露はしなくていいから犯人を挙げろ。そうすれば台風女から検挙率の女神に昇格させてやってもいい」

島崎がめんどうくさい発破をかけてくる。暁はそれ以上反論せず、福田の名を呼んだ。

2

今西龍宏の家も有限会社ＩＭＡＮＩＳＨＩも岐阜市にある。近接する愛知県側も含めた一帯は繊維産業に関連する会社が多かったが、島崎が言ったように業界が右肩下がりとなって長い。ＪＲや名鉄《めいてつ》の沿線上にある交通の便がよい地域は、名古屋のベッドタウンとしての役割が大きくなってきている。

捜査車両を駆ってＩＭＡＮＩＳＨＩに向かうなか、助手席の福田がタブレット端末を見ていた。

「ＩＭＡＮＩＳＨＩは、逆風のなかでも生き残っている縫製工場なんですね。国内生産にこだわるハイブランドや商社、若手デザイナーとの取引が中心、とサイトにあります」

「うん、もう読んだよ」

「さすが嵐山さん。島崎係長が、嵐山さんは準備万端の人だと言ってました」

言ったのはそれだけじゃないだろうと思いながら、暁は、苦めの笑顔で返す。

「その文章のあとは、国内で生産できる強みとして、縫製、仕上げ、加工、小ロットから大ロットまでなんでも引き受けます。試作品の相談にも乗ります。自由度が高くて懇切丁寧です――だったかな。なかなかの美辞麗句ぶりだね」

「嵐山さんが褒めるほどの会社なんですね」

福田の言葉に、暁は拍子抜けする。会社を潰した件数をそのまま信じたことといい、あまりにも素直な反応だ。捜査員ならもう少し引っかかりを感じてほしい。

「嫌みを混ぜたつもりなんだけどね。国内生産という部分にこだわりたい人に向けて、ニッチで多種、ハイソな品を扱っている、って言いたいんだろう。だけど実際にモノを作っているのは海外からの技能実習生が中心で、人件費を削って価格を抑えている。そのあたりには触れられていない。もちろん繊維業だけじゃなく、今や農業も建設も加工業も外国人の安い労働力頼みだから、書くまでもないと思ったのかもしれないけど」

車が、県境にあたる木曽川《きそがわ》を越えた。前々夜、つまり事件の当夜に降った雨は、川の上流に長く留《とど》まっていたのか、水が濁っている。

「その彼女たちに話を訊くんですよね。龍宏の肩書は専務で、岐阜に戻ったのは一年前でしたよね。母親によると、彼は営業や取引先との折衝役が主な仕事とのことでしたが、工場の人たちと接点はあるんでしょうか」

「訊いてみないと、接点がないという確証も持てない。捜査は無駄打ち上等だよ」

福田が、「はい」とうなずいた。素直に。

「昼間は国道も市街地も交通量があるけれど、深夜なら現場からこのあたりまで、五十分から一時間といったところかな」

暁たちの車は、タガミ建設という古びた看板を持つコンクリートの建物の脇を通り過ぎた。ＩＭ

ANISHIより五百メートルほど名古屋に近い。田神たち三人が帰宅時に寄ったというコンビニも途中にあった。防犯カメラの映像は昨日のうちに入手してあり、三人の証言どおり、店での買い物のようすが映っていた。表示時刻は21:41だ。

「田神がアイスクリームとお茶のペットボトル、伊佐治がビールやジュースなどの缶飲料、近藤がカップ麺を購入していました。また、酔って足取りのおぼつかない近藤が商品を落としたため、店員の記憶にも残っていました」

福田がメモを取りだして答える。

その後、三人は自宅に戻り、それからは外出していないという。帰宅したのは二十二時前後だ。田神と近藤は同居の家族が、伊佐治はアパートの隣人がアリバイの証人だ。伊佐治は運転をするため店では飲めなかったので、買ってきたアルコール類を土産に、帰宅後に隣人と飲んでいたそうだ。

「アリバイはともかく、可能性だけ考えれば、全員、飲酒運転をすれば名古屋に戻ることができる時間だね」

暁は確認をする。

「はい。ちなみに車を出したのは近藤ですが、いつも伊佐治が運転担当だそうです。田神と近藤がマル害《がい》の高校の同級生で、伊佐治は別の学校で学年もひとつ下、使われる立場だったようです」

「伊佐治の車ではなかったんだよね」

「彼の車は古い軽で、男四人で乗るには狭いのだとか。いつも近藤のワンボックスで出かけていて、近藤がいなければ田神のセダンを使うけれど、マル害は車を出さないそうです。いつも後部座席でふんぞり返っていると」

「純然たるヒエラルキーがあるわけだ。職場のつきあいならともかく、プライベートでの飲みだよねえ。そんなので楽しいかな」

　ハンドルを握りながら、暁は軽く肩をすくめる。

「だから伊佐治は、隣人を相手に改めて飲んだんじゃないでしょうか。ちなみにその隣人は、ベトナムから来た技能実習生だそうです。リー・ティ・タオとシュアン。ベトナムの人の名は、苗字《みようじ》、ミドルネーム、名前、の順で、苗字の数が少ないため、相手のことは名前で呼ぶのが通常だそうです。それもあって伊佐治は、シュアンの苗字は知らないとのことです。島崎係長が松本《まつもと》主任に、田神の関係先を当たったあとでその二名の証言を取るよう命じていました」

　松本文彦《ふみひこ》巡査部長は、島崎が率いる班の先輩だ。歳《とし》は暁と四つしか違わないが早くから刑事畑を歩んでいて、県警での在籍歴も十年近くある。暁が島崎に進言した、福田を指導すべきベテランとは彼のことだ。島崎も彼を、不動のエースと呼んでいる。絶対的なエースという意味だけでなく、顔が不動明王《ふどうみようおう》に似ているのだ。台風女と、どちらのほうがマシだろうか、と暁はときおり思うことがある。不動明王は、煩悩や悪を怖い顔で叱って導く仏だそうだ。警察組織の人間には相応《ふさわ》しいかもしれない。

「そういえばタガミ建設でも実習生を雇っているという話だっけ」

「隣人は会社の同僚ではなく、女性のようですよ」

「へえ、女性」

「はい。伊佐治は二時間ほど隣室にいて、眠くなったので自室に戻ったとのことです。その後、マル害が伊佐治宛てに電話をしていますが、取られないまま終わりました。伊佐治は、コール音を消していたので気づかなかったと言っています」

「マル害のスマホの番号から取った通信記録だね」

遺体の元になかったスマホのGPSの位置情報は、殺害現場が最後だ。そのため、犯人に持ち去られたものと想定された。番号は判明しているので、通信記録は取得できていた。

「時刻は01:17です。伊佐治は、迎えにこいという用件だろうと言っていたそうです。伊佐治も田神とともに翌朝からの仕事があるため、マル害はタクシーで帰る予定になっていました。けれど以前も、同様の取り決めをしていたのに迎えにこいと要求され、飲酒したからと断ってもなかなか納得してもらえず、不機嫌をぶつけられたとのこと。十中八九電話をかけてくるだろうから、起こされたくなくて音を消していたそうです。タクシーで帰る予定については、田神と近藤も同じ証言をしています」

リーダー格の龍宏は、なにかと無茶を言いがちだったと二人は揃《そろ》って述べていた。困らされていたようすが表情から透けて見えたと、取り調べを担当した捜査員も語っていた。

カーナビが、目的地のIMANISHIに到着したと告げた。ところどころ歪《ゆが》んで波打つトタンの壁が、道路に面して長く延びている。窓は屋根の下に小さく取られているだけで、目線のあたりに壁が続いているため、妙な圧迫感がある。暁は車を敷地内へと入れ、隅に停《と》めた。そばにある大型のクーラーの室外機が、勢いよく回っている。

車から出たとたんに、圧力を持った湿気と眩《まぶ》しい太陽の光と、足元からの照り返しの熱に迎えられた。一瞬、暑い以外の言葉を忘れる。名古屋と岐阜の気候は似たり寄ったりだ。夏、イコール蒸し暑い。

インターフォンで警察を名乗って用向きを伝えると、ガサガサした女性の声が、社長はいないと答えてきた。

わかっている。社長の信宏は入院中だ。工場長を務めるのは龍宏の母親の春子《はるこ》だが、彼女もいないと言われる。用があるのは従業員のみなさん方なのですと重ねて頼むと、やっと扉の向こうに人影が現れた。七十代ほどのエプロン姿の女性が、怪訝《けげん》そうな表情を隠すことなく中へと案内してくれた。

作業場は天井が高く、思ったよりも広い空間だった。その天井から規則的に棒状の照明が吊《つ》るされている。電源も上部から取られていて、いくつものコードが垂れさがっていた。布は等間隔に並ぶ作業机の上に覆いかぶさり、さらにあちこちで籠に入って山盛りだ。壁際にも平たく巻かれた布を入れた棚が並び、奥のパーティションの向こうから積まれた段ボールが覗《のぞ》いていた。作業机と一体になったミシンは武骨で大きく、缶飲料ほどの太い糸巻が屹立《きつりつ》している。暁も小学校でミシンがけを習ったことはあるが、あれが普通免許で乗れる原付ならこちらは限定解除の大型二輪のようだ。サイズだけでなく、使いこなすにはコツが要りそうだ。

工場にいるのは二十代くらいの女性たちと、六、七十代らしき女性たちの、大きくふたつに分かれていた。海外から招いた技能実習生と地元に住むパートがいると聞いていたが、顔立ちで国籍の区別がつかずとも年代でわかる。技能実習生が七名、パートが五名いた。

「愛知県警の嵐山と申します。彼は福田です。こちらの今西龍宏さんがお亡くなりになったことは、もう知っていらっしゃるかと思います。みなさんのご存じのことがあれば教えていただきたくまいりました。トラブル、違和感、龍宏さんのひととなり、些細《ささい》なことでもかまいません。ご協力ください」

暁は声を張り上げた。若い女性たちの硬い表情を見るに、龍宏は、ただ死んだのではなく殺されたと理解しているようだ。

「けどあたしら、なんも知らんしねぇ」

案内をしてくれた女性が、周囲をぐるりと見回しながら言う。彼女がリーダー格なのか、余計なことはしゃべるなとばかりに睨みを利かせている。それは逆に、なにかあるということだろう。

そう感じたのは暁だけではないようで、福田も目で語りかけてきた。暁は小さくうなずく。

「お姉さんは長くお勤めなんですか？　ここ数日の話じゃなくてもいいんですよ。龍宏さんが帰ってきたのは一年ほど前だそうですね。そのときの感想でも結構です。社長がご病気になられたタイミングだったとか」

暁が件の女性にほほえみかけると、「それはまあ」と相槌《あいづち》が戻ってきた。

「信宏さんが倒れて、どうなるんかって思うたよ。けど春ちゃんががんばってるから、支えてあげんとねぇ」

春ちゃんか。この女性は春子と親しいのか、他者との距離感が近い人なのか、どちらだろう。

「龍宏さんが東京から戻られて、春子さんも安心なさったでしょうね」

「そら、近くにおったほうがねぇ。けどまさか殺されるやなんて、そこまでひどい子やないと思うけど」

「そこまで、とおっしゃるということは、多少のことならあったのでしょうか」

暁が問いかけると、女性は考えこみ、しゃべりたくないとばかりに口を引き結ぶ。

「やんちゃだったって話なら、僕らも把握していますよ。高校生ぐらいならよくあることですよね」

福田が、満面の笑みで話に入ってきた。膝を折り、目線の高さを合わせて駄目押しのように女性の顔を覗きこむ。福田は「武器」を使うようだ。強張《こわば》っていた女性の表情が緩んだ。ほかの日本人スタッフの視線も、福田へと向いている。

そこからは協力的な空気になった。暁は、聴き取りのために小部屋を用意してほしいと頼む。工場には会議室がなく、区切られた部屋は入り口近くの事務室しかないが、社長も工場長もいないときに人を入れていいかわからないのでと、ロッカールームを案内された。ルームといっても、作業場の奥まったところをパーティションで間仕切りしただけの空間で、天井の部分は開いている。休憩や、ランチを食べるためにも使っているのか、真ん中に机と椅子があった。食べ物のにおいがかすかに漂っている。

暁と福田はいったん作業場に戻って、若手のほうに寄った。技能実習生たちは仕事の手を止めてはいけないと思っているのか、ようすを窺《うかが》いながらもミシンを動かしている。暁は手を叩《たた》いた。言葉がわかるように、普段よりゆっくりめに語りかける。

「お仕事をストップして、ちょっと集まってください。龍宏さんとお話ししたことのある人は、いますか?」

技能実習生は、母国の送出《おくりだし》機関から日本の監理団体に委託されてやってくる。来日までに日常会話などの基本的な日本語がわかる程度の教育はされていると、暁も調べてあった。実情は、個々人や教育機関のレベルで能力に差があるとのことだが、コミュニケーションが取れないほど日本語がしゃべれないのなら、龍宏との交流はまずないだろう。話せなくても訴えたいものがあるようなら、中署まで連れてきて通訳の算段をつけよう。

女性たちは寄ってきてくれたが、譲りあうように目配せしている。

「みなさんはどの国からいらしたんですか？」

暁の質問に、口々にベトナムと返ってきた。そういえば量販店の服のタグは、中国製よりベトナム製と書かれているもののほうが多くなってきている。縫製業に携わる技能実習生もそれだけ多く、帰国後は、現地の工場でリーダー的な仕事ができるようになるのだろう。

「では、一番長く働いている人はどなたですか？」

おずおずとひとりの女性が手をあげる。

「アタシ。でもマイのほうがワカシャチョーと話、してた。マイは日本語、一番うまい。勉強好きで、読むの書くの、どっちも得意。ワカシャチョー、よく笑ってた」

龍宏の肩書は専務だが、次に社長になる人物、若社長という認識をされていたようだ。

「マイさんはどの方ですか？」

そう訊《たず》ねると、みなが一様に戸惑いの表情を浮かべて、小柄な別の女性に視線を向けた。

「マイはいない。辞めました」

その女性が答える。

「最近辞めたんですか？」

「五月のはじめぐらい。お休みのあと」

ゴールデンウィークのあとということなら三ヵ月半は経っている、と暁は名前を記憶に刻む。

「ところで、なぜみんながあなたを見たのですか」

「マイと同じアパートの部屋に住んでいたから。そのあとは、この子と住んでる」

小柄な女性は、髪が短く幼い印象の女性を指さした。

「なるほどね。あなたのお名前を教えてください」

「タオ。この子はシュアン」

暁の頭に疑問が浮かんだ。そのふたつの名前は、伊佐治の隣人と同じだ。ベトナムではよくある名前なのだろうか。だとしても同じ取り合わせは偶然すぎる。

「タオさん、あなたの部屋の隣には、日本人の男性が住んでいますか」

「はい。日本人の男性います。右の部屋。反対側の隣は空いてる部屋。その向こうはブラジル人のカップル。下はええっと……」

タオが、ひとつひとつの場所を示すように指で弧を描いている。

「ありがとう。その話、あとで詳しく聞かせてください。シュアンさんもね。でもまずは、龍宏さんのお話を知りたいんです。ワカシャチョーって呼ばれていたんですね。彼とはどんな話をしましたか？　仕事の指示でしょうか。あ、指示というのは、布を切って、縫って、などという話のことです」

「そういうのはハルコさんかカジタさん。ワカシャチョーが話すのはお客さん。ワタシたちには、調子いい？　元気？　がんばって。いいね。くらい」

カジタさん、と言ったとき、タオは最初に案内をしてくれた女性に目を向けていた。やはり彼女がリーダー格のようだ。

「じゃあ龍宏さんは優しかったってことでしょうか」

「はい」

「怖かったことはないですか？」

「怒ったときは怖い」

「いつ、どんなことを言って怒っていたんですか？」

タオが表情を止めた。すっと下を見る。

「……………あの、電話に怒ってた。だからわからない」

「話の中身は聞かなかったということ？」

「わからない」

「そう。タオさん、あなたも日本語がじょうずなのね」

「勉強してる。ひらがなだけじゃなく漢字もちょっとわかる。漢字は覚えると、意味、わかりやすいね。昔々、ベトナムも漢字を使ってた。タオは草という意味。シュアンは春。ハルコさんと同じ春」

嬉《うれ》しそうにタオが笑った。日本語がじょうずなのだから、なにに対して怒っているのかぐらいは理解できたのではないか。そう証言の穴を突いたつもりだが、伝わらなかったようだ。

そのとき突然、大きな音を立てて工場入り口の扉が開いた。「なにをやってるの」とだみ声がする。

「急ぎの仕事が入っているのよ。作業を止めないで。梶田《かじた》さんもなにやってるのよ、部外者を入れちゃ駄目でしょ」

今西春子だ。中署で、龍宏の身元確認に来た姿を見かけていた。日本人スタッフの誰かが呼んだのだろう。梶田が不満げに、「だけど警察が」と肩をすくめている。

暁と福田は警察手帳――と呼ばれる折り畳み型の身分証を掲げた。

「愛知県警の嵐山と申します。こちらは福田です。このたびは心よりお悔やみ申しあげます。お忙しいなか恐縮ですが、従業員の方への聴き取りに伺いました」

「龍宏は名古屋で殺されたんだから、この子たちは関係ないでしょ。そんなことより犯人の見当はついているんですか。早く龍宏を殺した人を捕まえてください」

腫れぼったい瞼《まぶた》の下から、春子が睨んでくる。昨日は血の気のない顔をしてふらふらと歩いていたが、今日は気丈そうに両足が床をとらえている。暁は頭を下げた。

「その見当をつけるためにお訊ねしているのです。申し訳ないのですが、少しお時間をください」

「他人《ひと》の恨みを買う子じゃなかったとは言いませんが、従業員は大事にしてましたよ。よくお菓子を買ってきては、実習生の子に気を遣っていました。ねえ」

春子が室内をぐるりと見回した。女性たちがばらばらとうなずく。

「昨日、お母さまにはほかのものが伺っていますが、改めてお訊ねします。その後、なにか思いだされたことはありますか?」

過去の逮捕歴について訊ねたところ、警察が知っている以上のことは知らないと、不快そうに言い捨てたという。最近はどうしていたかという質問にも、三十を過ぎているので母親より友人のほうが詳しいのではと、あまり協力的ではなかった。知らされるのはなにか起こってからでしたよと困ったようすも見せていたので、本当に知らないのかもしれないが。

「思いだしたら申しあげますよ。……あなたたち、なんて答えたの？」

春子は実習生に向けて問う。

「ワカシャチョーはお客さんと話をする」

「わからない」

「優しいと言いました」

口々に声がした。最後のセリフはタオのものだ。

「ほら、無駄でしょう。龍宏は外回りが中心です。彼女たちと仕事の話はしないし、ここには声をかけに来る程度だったんです」

「承知しました。ではこのあと、日本人のスタッフの方と、タオさんとシュアンさんにお時間をいただきたいと思います」

「タオとシュアン？　それはどういうこと？」

春子が気色ばんだ。

「龍宏さんのご友人と、アパートの部屋が隣だったんです。ご存じでしたか？」

「いいえ。この子たちの部屋は会社で借りているけど、周囲の住人のことはさっぱりだから」

目を丸くしている春子のようすから、隣室だと知らなかったのはたしかだろう。だが、時間をもらうと告げたときの強張った表情は見逃せない。

「そういうことなら仕方ありませんが、あまり時間を取らないで。忌中なのに休めないほど忙しいんですよ。それに、パートの人たちは帰りの時間が決まってるんです。このままだと納期に間に合わなくなる」

「わかりました。なるべく手短にしますので、ご協力ください」

暁は島崎に連絡し、タオとシュアンを聴取する許可をもらった。その間に、福田に日本人スタッフの聴き取りをはじめていてもらう。電話を終えた暁がロッカールームに近づくと、楽しそうな女性の笑い声が聞こえた。福田がなにかを褒めているようだ。相手の返事が華やいでいる。そしてまた笑い声がした。島崎の狙いを聞いたときは正直呆《あき》れたが、見事に当たったようだ。

彼女らはこのまま福田に任せたほうがスムーズかもしれない。自分はタオとシュアンから話を訊こう。暁はそう判断し、春子に事務室を借りられないかと頼んだ。だがつれなく、自分が仕事をしているので、と断られてしまった。

暁は、タオとシュアンを外に連れだした。できればひとりずつ訊きたかったが、シュアンがタオの手を離さず、日本語、無理、と言い続けたのだ。捜査車両のエアコンを最大にして、ふたりを後部座席に乗せる。自分は前の席に乗り、運転席と助手席の隙間から振り向いて声をかけた。

「伊佐治大吾さんを知ってますよね。アパートの隣の人です。事件が起きた一昨日《おととい》の夜、彼はあなたたちの部屋に行ったと言っています。何時に来たか覚えていますか」

「ママとメッセージ、してた。んーと、22:02」

シュアンがスマホを取りだして、アプリに残る表示を見せてくれた。そのころやってきたということだろう。タオもスマホを確認している。

「ワタシもSNSやってた。そのとき。ええっと、21:58が最後。イサジはビールとジュースを持ってきてくれた。ワタシたちはお菓子を出した」

「うん。チップス食べて、日本語見て、話、した。シュアン、来て三ヵ月。まだ、下手」

シュアンが続ける。

「日本語を見る？　伊佐治さんは、おふたりの日本語の先生をしているということですか」

暁の質問に、ふたりが目を見合わせて笑った。シュアンはタオをじっと見つめ、タオは照れ笑いをしている。しばらく目で会話をしたあとで、タオが口を開いた。

「イサジ、本当は、ワタシの恋人。でも内緒にして。うるさいこと言われるの嫌だから。シュアンは知ってるけど、内緒。シュアンもイサジの友達。妹を見てるみたいだって。だから教えてくれる。あ、ワタシたち二十になってるからね。お酒だいじょうぶよ」

シュアンは二十歳で、タオは二十三歳とのことだ。童顔なシュアンと小柄なタオなので、飲んではいけない歳だと思われては困ると考えたのか、補足してきた。

なるほど、伊佐治がタオのフルネームは知っているものの、シュアンは名前しか覚えていなかったのはそういう理由かと、暁は納得した。一方で、恋人という言葉には引っかかりを感じる。アリバイの証人が家族しかいない田神や近藤とそう変わらない。シュアンがいるだけ信用度は上がるが。

「伊佐治さんはなんのお酒を飲んでいたんですか」

「えっと、ビール」

タオが答え、シュアンもうなずく。

「彼は何時までいたのでしょう」

「二時間ぐらい」

「つまり十二時までいたということですね？」

「うん。しゃべらなくなったと思ったら、座ったまま寝てた。起こしたら、朝、仕事あるって帰った。そのあとワタシたちも寝た」

「寝た。タオ、いびきかいてた」

シュアンが口をはさんでくる。

「やだ違う。それ、イサジ。ワタシも夜中に聞いた。トイレ、起きたとき」

タオは恥ずかしそうに声を上げる。暁はふたりの話を確認した。

「伊佐治さんは帰った、ってさっきは言いましたよね。いびきが聞こえたというのは、同じ部屋で寝ていたということですか？」

「隣の部屋。壁薄い。音、よく聞こえる」

タオが言う。反対側の隣は空室とのことなので、いびきは伊佐治のものだろう。シュアンは不愉快そうに口をへの字にしていたが、タオはどことなく嬉しそうな表情だった。

「タオさんは、壁が薄いのは気にならないんですか」

「イサジが倒れたの。去年、秋。どーんって大きい音が聞こえて。だいじょうぶ？　って部屋に行った。病気だったから看《み》てあげた。それで仲良くなった」

そういうなれそめがあったのか。壁の薄さのおかげで、恋人の存在を認識できるという安心感もあるのかもしれない。

「話を戻しますね。トイレに起きたのはいつですか？　いびきの音を聞いた時間のことです」

タオが少し考えている。

「んー、二時ぐらい。スマホ見た」

「じゃあさっき、お仕事の場でしていた話を訊ねますね。わたしが、タオさんたちに質問をすると伝えたら、春子さんは困った顔になっていました。あなたは龍宏さん……若社長のことでなにか知っているんじゃないですか？」

「……わからない」

「もうひとつ。タオさんは、若社長は電話に対して怒っていたと言ってましたよね。どんな話をしていたか、本当にわかりませんでしたか？」

「わからない。覚えてない」

タオは、首を横に振った。だが表情からみて、なにかを隠しているようだ。一方、シュアンは見当もつかないのか、にこにこしている。シュアンはここに来て三ヵ月ということなので、それより以前のできごとというわけか。

かたくなに口を開こうとしないタオに今訊ねても、答えてくれないだろう。なにか思いだしたら教えてほしいと、車から降ろした。

ふと、タオの履いていた黒い靴が目に入った。キャンバス素材のスリッポンタイプの厚底スニーカーだが、前にビジュー――宝石のように見える飾りが五個、並んでついている。しかもハート形だ。

「かわいい靴ですね」

「お気に入り。マイと色違いで買った」

タオがにっこりと笑い、シュアンと手をつないで工場へと入っていく。

入れ違いで福田が戻ってきた。

3

「マル害が優しいのは若い女の子に対してだけ。それが僕の聞いた話の総論です」

助手席に乗りこんだ福田が、苦笑を見せた。

「属性の違う人間が同じ場所で働いていると、どうしても相手への不満が出るものだけど」

運転に気を配りながら、暁は福田に目を向けた。福田は首を横に振っている。

「若い子への妬み嫉《そね》みではなく、マル害に対しての不満です。実習生との関係は、自分たちとは違うという一定の線を引きつつも、円満なようです。仕事や生活まわりのことを教えて世話をしているし、異国から来て働いている若者を庇護《ひご》する気持ちがあると、あの梶田さんという方が言っていました。子供や孫を見るような感覚でしょうか」

「孫は失礼だよ」

「すみません。で、マル害に対してですが、自分たちは空気のように扱われていた、顔と名前をあいまいにしか覚えられていなかった、などと言っていました。なのにちょっとでもミスをしたら、ベテランじゃないのかとねちねち嫌みを言われたそうです。ただ、龍宏には営業の才があるのか、仕事は以前より増えたそうで、クビを切られては困るから我慢しようと、みなで言いあっていたとのことでした」

「ビジネスライクに徹しようというわけね」

「はい。みなさん、長年縫製業に携わってきて、何度か工場の倒産を体験し、見聞きもしているようです。愚痴を言うことで発散してるんでしょう。噂話《うわさ》も潤滑油のようですね。IMANISHIの一番の古株は最初に案内してくれた梶田さんで、潰れた工場などの思い出話をはじめたので、そこからマル害の過去の話に持っていきました。ほかの方も、不良、悪ガキ、ドラ息子、ヤンキーと、いろんな言葉でマル害を表現していました。喫煙や喧嘩《けんか》で親が何度も学校に呼ばれていたそうで、ひととおりの悪いことはやっていたとのことです」

今西家の住まいは、IMANISHIの工場から路地をはさんだ向かいの一軒家なので、ようすは筒抜けなのだろう。

「中学のときに亡くなった祖父母の住んでいた離れがあり、高校入学を機に、そこがマル害の部屋となったそうです。工場にまで派手な音楽が聞こえてきてうるさかったのだとか。飲酒をしたり女の子が連れ込まれたり、同級生がたまり場にして悪さをしていた、とも言っていました。同じ高校に通っていた田神と近藤もいたようです」

「昨日の聴取では、出なかった話が聞けたわけだ。それでこそだね」

やはり現地で訊ねてみないとわからないものだ。

「大学で東京に出ていったけれどあまり名を聞かない学校のせいか、遊びにいったようなものだと、さんざんな言われようでしたよ。でも洋装店……渋谷《しぶや》のアパレルショップですが、そこでアルバイトをして仕事を見る目を養っているのだと、春子は自慢げに話していたそうです。売上高も優秀だったので、卒業後はそのまま勤めることになったと」

「雇用形態はアルバイトのままだったけどね」

暁はつっこむ。ただ、今は小売業で正社員として勤めるのは難しい時代だ。

「はい。スタッフたちは東京でのトラブルも、最初の勤務先を辞めさせられたことも知りません。ずっとアパレルで働いていると思っていたようです。マル害が帰郷したのも、信宏の病状がよくないからという認識ですね。勤めていた店に慰留されたと、嘘《うそ》まじりの話も聞かされたようです。ただ、父親がそんな状況で、まだふらふらしているなんてと呆れてもいました。毎週のように飲みに出ているし、梶田さんが、怖そうな連中と怒鳴りあっていたのを見たそうです」

「怒鳴りあっていた？　いつどこで？」

「三週間ほど前に、近くのコンビニの駐車場でだそうです。一昨日、田神たちが寄ったコンビニとは別の店です。龍宏はひとりで相手はふたり、ひとりが頭にタトゥーが入ったスキンヘッド姿で、もうひとりがサングラス姿。二十代後半に見えたとのことです。話している内容はわからなかったけれど、俺のツレが、おまえのツレが、という言葉が聞こえたそうです」

ツレとは友人を指す。

「それ、先に言って。引き返す」

暁は車のスピードを落として、Uターンができそうな小道を探した。

「信用してくださいよ。僕が全部訊き出してます」

「そうじゃないよ。ツレに訊く」

近藤は法事で福井に出かけているという。戻りは夕方だそうだ。タガミ建設を訪ねると、田神と伊佐治はリフォーム工事の現場に出ていると言われた。暁たちは、その工事の家に車を回した。数軒南の塀のそばに停車し、歩いていく。

先客がいることはタガミ建設で聞いていた。松本だ。暁たちより工事現場に近い路上に車を停めている。暁と福田は近寄って、礼をした。松本が、ペアを組んでいる中署の捜査員を手で制して車から出てくる。松本は福田と暁の間くらいの身長だが、柔道で鍛えていて横幅がある。ガテン系の関係者にぶつけるなら筋肉質かつ不動明王の顔のこいつだ、といかにも島崎が考えそうだ。

「なにしにきたんだ、嵐山」

不動明王が不愉快そうに眉を上げている。

「IMANISHIの聴取を終えたのですが、田神と伊佐治に確認したいことが出てきました」

「なにが出たんだよ」

「喧嘩です」

松本の目がきらめいた。

「教えろよ」

そう言われ、暁は福田をうながした。福田がつかんできた話だからだ。

「はい。三週間ほど前に、マル害が二十代後半ぐらいの二人組《ににんぐみ》と喧嘩をしていたという証言を得ました。ツレという言葉が聞こえたそうです。飲み仲間の彼らを指している可能性が高いので、訊ねてみます」

「わかった。なら自分が田神に訊く。おまえらは伊佐治に訊け」

松本が当然とばかりの態度で言う。田神のほうが龍宏と近しいからアタリの情報が得られやすい、そういうことだ。

「田神と伊佐治の聴き取りは、一度は済んでいるのですか？」

暁は足場が組まれ、網状のシートで覆われた家を見上げた。外装も含めたリフォーム工事のようだ。

「いや。田神の家族からの聴き取りが終わって、本人らの休憩待ちだ。田神は、マル害の高校時代からの悪い仲間のようだ。万引きで一緒に補導されている。扱いは岐阜中《なか》警察署で、ドラッグストアで男性用ブリーチカラーを盗んだらしい。ふたりとも親が呼ばれて厳重注意をされたとのことだ。場合によっては、署に来てもらってじっくりと話を訊く」

岐阜中署は彼らの住まいの隣の署になる。補導されたのは愛知の中村署だけではなかったようだ。

「伊佐治の家族は」

「いない。両親とも死んでいる。年の離れた妹がいたが岡崎《おかざき》にいる親戚に引き取られたそうだ。伊佐治は田神の従弟《いとこ》で、伊佐治とマル害との関係は、マル害が帰郷してからの一年だけだ。学年も高校も違うからな。田神が伊佐治を子分代わりに連れまわしているため、行動を共にしていた形だ」

「あの、その話の傍証にもなりますが、ＩＭＡＮＩＳＨＩの従業員によると、マル害は高校時代に離れの部屋を悪友たちとのたまり場にしていたとのことです。田神と近藤もいたとの証言を得ました」

福田がつけ加えた。「うん」と松本が納得している。

暁は、改めて松本に頭を下げた。

「島崎係長から連絡いただいたかと思いますが、伊佐治の隣室の技能実習生と行き当たりまして、聴取を済ませました」

「聞いた。嵐山は引きが強いよなー。そうやってガツガツと他人の仕事を奪っていく」

松本がチクリと刺してくる。

仕事のできる松本のことを、暁は先輩として尊敬している。ただときおり、自分が一番でないと気が済まないという色も見え隠れする。適当にかわしてはいるが、少し厄介だ。

「失礼しました。伊佐治は訊かれたことにしか答えなかったんですね、隣人がＩＭＡＮＩＳＨＩの従業員だとは思いもしませんでした。ただ、伊佐治のことに触れないまま彼女らにマル害の話を訊くと心の準備をされそうで、一緒に訊いてもいいかと島崎係長に確認した次第です」

「それも聞いている。で、伊佐治のアリバイはあったのか?」

「本人の供述どおりの証言を得ました。ただしふたりの女性のうち、一方は恋人です」

「ふたりとも食ってるってことは」

松本が下品な言い方をする。

「ないと思います」

タオとシュアンは仲がよさそうだった。両方と関係があるとは思えない。

そのとき、家を覆うシートの向こうから数名の男性が外へと出てきた。田神と伊佐治の姿が見える。松本が走って寄っていった。中署の捜査員も車から降りてきてあとを追っている。

暁たちも近寄った。松本が、取られまいとばかりに田神に声をかけている。暁も伊佐治に話しかけた。

「愛知県警の嵐山といいます。こちらは福田です。今西龍宏さんのことで、もう少しお話を伺いたいのですが」

「長くなりますか?　まだ仕事が」

伊佐治が田神のようすを窺いながら答えた。だがその田神もふたりの男性に囲まれているところを見てか、納得したような顔になった。

「休憩の間に済む話です。車、エアコンが効いてますよ」

暁は先に福田を車に行かせ、涼しくしておくように依頼した。伊佐治は背後の男性に呼びかけている。

「ヒェウさん、戻りが遅かったら先にやってて」

男性がうなずいている。

「彼は技能実習生ですか？　どこから来てる人です？」

「ベトナムです」

こちらもベトナムか、と暁は興味を持った。現在、ベトナムは技能実習生の出身国の一位で、全体の約半数を占めるというデータもあるほどだ。

伊佐治は水分補給をさせてくれと言って社名を載せたワンボックスカーからペットボトルを取り、一口飲んだあと、素直に車に乗りこんできた。身長は平均並みだが、体重は平均よりかなり軽そうで、体力を使う仕事の割には薄いぺらぺらの身体をしている。顔立ちの印象も薄く、塩顔と呼ばれる俳優たちよりさらにあっさりしている。となるとあとは酢なのか水なのか、似顔絵が描きづらそうな顔だった。

伊佐治には刑事を前にした緊張の色がなく、けだるそうにしている。熱中症を気遣ったが、「別に」のひとことだった。

「タガミ建設には何人の実習生がいるんですか？」

まずは話の取っ掛かりにと、暁は訊ねた。

「今は三人。ベトナムとインドネシアだと思うけどちゃんと覚えてません。会社に訊いてください」

「仲はいいですか」

「知りません」

伊佐治は即答する。

「あなたと仲がいいかと訊ねたつもりなんですが」

「いいも悪いも、仕事をするだけだから。実習生はすぐ入れ替わるし」

生気のない顔が、視線を宙に向けていた。

「すぐではないでしょう。三年ぐらいはいるんじゃないですか？」

「どうだっけ。すみません、関心がなくて」

「でも隣の部屋の実習生の方とは友達なんでしょう？　お酒を一緒に飲むほどの。ああ、正確には恋人でしたよね」

少しつついてみる。伊佐治がまじまじと暁を見てきた。やっと表情らしい表情を見せたが、照れや恥じらいではなく、呆れや驚きが籠もった目だ。

「タオが言ったんですか？　お互い、めんどうだから人に話さないようにしようって言ってたのに」

「会社などに対してはそうかもしれませんが、警察には話してもらわないと困ります。彼女たちがＩＭＡＮＩＳＨＩで働いているという話さえ聞いていませんでしたよ。タオさんは、うるさいことを言われるのが嫌だから内緒にしてくださいと言っていました。あなたもそういう考えなんですか？」

「酒の肴《さかな》になりたくないからですよ。おばさんたちの場合は井戸端会議か。他人のことを娯楽代わりにあれこれしゃべるの、聞いててムカムカするんですよ」

ムカムカすると話す割には言葉だけのようすで、表情はぼうっとしたままだ。

「なるほど。では龍宏さんとの酒席での話題はどのようなものが多かったのでしょう。彼のひととなりや伊佐治さんとの関係について、詳しい話をお伺いしたいのです。昨日は、みなさんがいつどこにいたかという行動確認が中心になってしまって、トラブルの有無などを話してもらえませんでしたから」

暁の言葉を、伊佐治が卑屈そうに笑った。

「ムカムカする、という、まさにそんな話題ばかりですよ。だからネタになりたくないって話です」

「だったらなぜ、飲みにつきあっているんですか」

「つきあいたくてつきあってるわけじゃないですよ。オレは子分の子分、パシリです。足をしろと輝樹さんに連れていかれたのが最初で、なし崩しに毎回です。運転して、へいへいと相槌を打って、その代わり奢《おご》ってもらう。メシ代は浮くし、女の子のいる店にも行ける。その場では酒が飲めないけど、帰ってから飲み直せばいいだけだし」

「そのことをあなたはどう思っているんでしょう」

「なんとも。輝樹さんは社長の息子ですよ、逆らえないでしょ。来いと言われれば行くしかない。

つきあわされて時間は食うけれど、とりたててやることがあるわけでもないし、目立たないようにして笑ってればいい。けれど輝樹さんだって、龍宏さんには逆らえない。龍宏さん、すぐ手が出ますからね。キレたとこ見たことあるけれど、怖いから。知らない人にも平気でつっかかるし」

「タトゥーの入ったスキンヘッドとサングラスの二人組を知りませんか？　三週間ほど前に龍宏さんと言い争っていたという証言があります。諍《いさか》いを見ていませんか？」

伊佐治は、考えてはいるようだがゆっくりと首をひねった。

「わかりません。龍宏さんとつきあいだして一年ほどだけど、会うときはたいてい酒が入るので、なんだかんだありますよ」

「なんだかんだというのは、喧嘩ですか」

「ええ。日常茶飯事だから、相手の顔なんて、いちいち覚えてないですね」

その二人組も記憶にないと、伊佐治が苦笑する。

「もういいですか？　ひととなりもなにも、龍宏さんは怒らせたらヤバい、それだけですよ。関心もないし」

伊佐治はだるそうな足取りでシートのかかった家のほうに戻っていく。そのさまを、福田が呆れた目で見ていた。

「無気力な若者ってかんじですねえ。なにを訊いても、覚えてない、関心ないって」

暁も同感だったが、噴きだしてしまった。

「なに言ってるの。彼は三十一歳、福田のほうが年下でしょう」

「すみません。なんかつい、そんなに流されるままでいいのかよと、言いたくなって」

福田はバツが悪そうに頭を下げる。

無気力で無関心なのは、龍宏に対してだけではないようだ。同僚の技能実習生のことも、田神たちのことも、恋人についてさえ、終始ぼんやりとした表情としゃべり方で語っていた。

そういえば昨日、龍宏の死にショックを受けていたのは母親だけだった。伊佐治たち三人は驚いてはいたが、どこか納得した表情も見せていた。龍宏がそんな命の落とし方をすることに、疑問を持たなかったのかもしれない。

4

その夜集められた捜査会議でも、龍宏はいずれ加害者になるか被害者になるかのような男だったという印象を、多くの捜査員が持った。

六年前、アパレル店で起こした強制性交等罪が不起訴になったのは、示談が成立したからだった。同僚だった相手方が、噂の蔓延《まんえん》を恐れて裁判を諦めた形だ。だが龍宏本人が、それを狙ってわざと噂を流したと言っているものもいた。龍宏は職場を解雇されたが、相手も仕事を辞め、東京も離れたという。今も精神的に不安定で、仕事が長く続かないようだ。彼女は実家のある宮城に住んでいるが、家族は当然、龍宏を許していない。

一年と少し前、次のアルバイト先の飲食店での窃盗事件は、売り上げが盗まれ、龍宏のアリバイがなかったことと店長の証言により、逮捕に至ったというものだ。しかしその後真犯人が見つかり、龍宏は釈放された。担当した刑事の勇み足は否めない。釈放後、龍宏は誤解を元に証言した店長を殴り、殴られるべくして殴られたのだとこともなげに告げ、警察に言えば殺すと脅した。子供が生まれたばかりの店長は、被害と安全を天秤《てんびん》にかけ、龍宏が帰郷したこともあり、もう関わりたくないと黙ることにしたそうだ。

ふたつの事件の関係者が愛知や岐阜まで龍宏を殺しにくるとは考えづらいが、念のためアリバイなどを調べることになった。

さらに、高校時代にカツアゲやいじりの標的にされたものの何名かが、地元に残っている。ここ一年の間に起きたトラブルの相手も、田神と近藤から聴き取ったが、すべて把握できたわけではない。龍宏たちの飲み方は、一軒目は興味を持った初めての店に、二軒目以降は常連扱いをしてくれる店に行くというパターンになっていた。場所は、愛知なら錦三丁目から栄四丁目、岐阜なら柳《やな》ヶ《が》瀬《せ》から西《にし》柳ヶ瀬といった歓楽街の界隈《かいわい》で、最後に行く店も場所によって決まっていた。帰途につく時間はほぼ午前一時すぎで、飲みに行く曜日も同じなので網を張りやすく、三、四回に一度の確率で見つけることが可能だった。

一方で、喧嘩などの突発的な犯行の結果や強盗の可能性も、否定できなかった。

ほとんどのものが、龍宏は些細なことで頭に血が上る衝動的な人間だと証言した。酔えばその沸点はさらに低くなるそうだ。今までぼったくりの店に引っかかったことはないとのことだが、その手の店の用心棒も、半グレと呼ばれるものたちも、ただの酔客も、山ほどいる地域だ。どこでどういった素性の相手ともめてもおかしくない。

現時点で犯人に最も近いと目されているのが、福田が情報を取ってきた相手、三週間前に怒鳴りあっていた二十代後半らしき男性二名だ。残念ながらコンビニの防犯カメラのデータは上書きされていた。田神によると、それよりさらに一週間ほど前の夜、スキンヘッドの肌にタトゥーという、情報と同じ風貌の男と諍いをしたそうだ。飲食店を出た龍宏が女性に声をかけたが邪険にされ、腹を立てて腕をつかんだところ、女性には離れて立っていた同行の男性がいて喧嘩になりかけた、というものだ。場所は栄四丁目の路上と、今回の事件現場にも近い。伊佐治は車を取りに行っていてその場におらず、田神と近藤のみが知る話だった。

「諍いは栄で起こったのに、男性二名はマル害の自宅近くで接触をした。つまり自宅をつきとめにきたわけですね。スキンヘッドにタトゥーという特徴もあるので、早急に人物の特定を行ってください。よろしいですね」

磯部管理官が穏やかな声で、ひな壇から指示をする。

髪を伸ばしたらわからなくなってしまうのでは、と頭の隅で思いながらも、暁は周囲に合わせて「はい」と応じる。田神を中署に連れてきた松本が、似顔絵を得意とする捜査官に描かせていた。それもあって彼が男性二名の捜索を主導することになった。福田はせっかくつかんだ情報を取られてしまったのだ。残念そうにしていた。

「田神は当初、龍宏は腕をつかんだだけ、と言っていましたが、女性が痴漢だと騒ぎ、同行の男性も暴行だと叫んだことが近藤の証言によってわかりました。息巻く龍宏を、ふたりで無理やり走らせて逃げたとのことです。被害届が出ていないかどうか、今、確認中です」

松本は、神妙な顔で磯部に答えている。彼の相棒は中署の人間だから、すぐにでもわかるだろう。

「では次、事件当夜の防犯カメラについて。現在、解析はどこまで進んでますか」

会議を進行する島崎が、担当している中署の捜査員に訊ねる。

「現場周辺はカメラがぽっかりと空いていて、ガールズバーＲＩＯからの後足《あとあし》を追っているところです。ただ、その時間はちょうど雨が激しくなったところで、みなが傘を差していますので――」

とそこで、答えている捜査員からスマホの音が鳴った。「おい」と誰かの非難の声が飛んだが、捜査員は目を輝かせて電話に応じる。そして叫んだ。

「今！　今、マル害の姿をとらえたものが出て、女性らしき人物と歩いていると！」


すぐに映像が準備され、講堂に設置したプロジェクタースクリーンに流された。

滝のように降りつける雨のせいで映りが悪い。映像は上方から撮影されているため、歩道で弾《はじ》ける水しぶきの激しさが見えていた。その歩道の端を、傘を差した男性が画面の下方、右手側から現れた。傘の色は緑色、その下から見えるハーフパンツとサンダルも遺体が身につけていたものと同じで、マル害と認定してよいと考えます、と件の捜査員が説明する。マル害、龍宏は奥へ向かってゆっくり歩いていた。足元の悪さを気にすることもなく右に左にと揺れているのは、酔っているからだろう。千鳥足に近い状態だ。少しして龍宏の後方から、薄いピンク色の傘を差した人物が現れる。せわしげな小走りで、足の上下運動の少ないぺたぺたとしたようすで歩いている。白っぽい色の靴の前方に、飾りがついているのが見えた。スカートを穿《は》いているが上からのショットとあって、スカートの下から覗く足の部分は少ない。下半身の細さや龍宏と比較した足の大きさから、女性とみてよさそうだ。女性は龍宏に近づき、龍宏が振り返るようにしたところで、画面の上方、左手側へと消えた。表示されている時刻は01:15:36から01:15:41だった。

「なにか話しかけているのかもしれませんが、雨音のせいで声が聞こえませんね。科捜研《かそうけん》に分析に出してください」

磯部が指示し、捜査員がうなずく。島崎が続けた。

「推定身長も出してもらってください。体型は細身、傘の持ち方にもよるが、マル害より少し低い程度といったところでしょうか」

龍宏の身長は、死亡時で一七一・三センチだった。隣を歩く女性は一六〇から一六五センチの間だろうか。

そう見当をつけながら、暁はスクリーンを凝視した。

なにかが、引っかかる。

気づいたことがあれば自由に発言してよいと、島崎から声がかかった。

「直前までいたＲＩＯの女性とどこかに行くつもりだったんじゃないんでしょうか」

張り切っているのだろう、福田が一番に手を挙げた。

「アフターか？　ＲＩＯはガールズバーだから風営法の外、接待を伴わない店だけどな」

誰かが反論する。異性が隣に座って接待をするタイプの店は、風営法のため閉店時間が二十四時となっている。ガールズバーはカウンター越しに接客をするため、深夜営業のできる店だ。また、アフターのノルマもないとされている。とはいえグレーな商売をしているところはある。

「建前はおいといて、こういう飾りのついた靴、キャバクラなんかの女性がよく履いてるじゃないですか」

「いやそんなの、普通にその辺に売ってるし、嬢《じょう》以外の子も履いてる」

福田の意見を、別の捜査員が否定した。この場合の嬢とは、キャバクラ嬢など風俗に関わる女性を指す。

「なんか違わないか、この靴。嬢の靴にしては踵《かかと》がない。……ちょっと映像戻して。ほら、こういうのはなんていうんだ？　厚底靴でいいのか？」

眉をひそめながらそう言ったのは松本だ。「おい」と暁を手招きする。女性だから知っているはず、とばかりにうながしてくる。

「バレエシューズ、……いえ、形からしてスリッポンかローファーですね、厚底タイプの。ローファーはスリッポンのカテゴリーに含まれますが、一般的には、スリッポンは綿素材のものを、ローファーは革のものを言います。映像では素材まではわかりません。どちらも本来はビジューなどはつけませんが、お洒落《しゃれ》なデザインにするためにビジューをつけたのだと思います」

軽い反発心もあって、暁は必要以上に細かく説明した。「ビジューってなんだ」とつぶやいたのは島崎だ。暁は解説を加える。

「アクリルをカットして宝石のようにみせた装飾品です。女性の服や靴についていて――」

暁の頭に、あるシーンがくっきりとよみがえった。同じ靴だ。引っかかっていたのはこれだ。

「このビジュー、よく見るとハートの形をしてませんか。ハートですよね。ちょっと見づらいですが、ビジューは複数ついてますよね。ですよね？」

「まあ、そう見える。で、それがどうしたんだよ」

興奮する暁に、松本が苛立《いらだ》ったように言う。

「この靴、見ました、今日」

どっと、スクリーンを見つめる捜査員たちが盛り上がった。

「履いてたのは誰だ！」

松本が鋭く問う。

「タオ。ＩＭＡＮＩＳＨＩの技能実習生で、伊佐治の隣室の女性です。リー・ティ・タオ。でも彼女の履いていた靴は黒です。ここに映っている靴は白っぽい色で……そうだ、色違い。タオはかつての同僚と色違いで靴を買ったと言ってました。その人は日本語がうまくて、マル害ともよく話をしていたそうです」

「名前は？」

島崎が怒鳴るように訊いた。

「マイ、と聞いています。彼女は三ヵ月半ほど前に、ＩＭＡＮＩＳＨＩを辞めています」

5

ＩＭＡＮＩＳＨＩが受け入れている技能実習生は、協同組合ＧＳＦＡという監理団体が窓口になっていた。ＧＳＦＡとは、岐阜、ソーイング、ファッション、アパレル、の頭文字だという。

「ファム・サイン・マイ、現在二十四歳、ベトナム北部の農村出身やね。ＩＭＡＮＩＳＨＩには二年勤めてたけど、今年の五月九日に失踪した。三日経っても戻らんから、行方不明者届を岐阜南《みなみ》警察署に出したんよ」

代表を務める木村《きむら》が答える。木村は七十代ほどの禿頭《とくとう》の男性だ。木村自身の家も縫製工場を営んでいるが、経営は息子に任せ、今は監理団体の仕事に従事していると説明された。とはいえ事務所は、その工場の一角にある。

「うちは協同組合、近隣の繊維業者が集まって作った団体なんやわ。せやからそこにしか技能実習生を入れん。お願いする仕事も縫製関係で、企業も実習生も顔のわかる間柄なんよ。ほらイメージあるでしょ、技能実習生はひどい扱いをされとるっていうんが。住むのは狭い部屋、時給は安い、残業代は払わん、休みもない。正直この地域でも、ありましたわ。労基署《ろうきしょ》に気づかれて摘発されて、大問題。けどそれは十年以上も昔のことで、企業側も悪いけど、間に入っとる監理団体や現地の送出機関がいい加減やったんよ。それはあかんっていうて、有志が立ちあがって勉強して、自分らのための監理団体を作ったわけ」

暁は、眉に唾をつけた。自画自賛する人間を信用してはいけない。任官してからはもちろん、アルバイト先が次々に潰れた高校の時分から心がけている。

暁は昨夜の捜査会議を終えたあと、技能実習生に関するサイトや本を読み、仕組みや関わる法律、彼らが置かれている状況などの情報をできるだけ頭に詰め込んだ。

愚鈍だとは思うが、わからないことに出会ったらまずは調べてみる。それが暁のやり方だ。学生時代はどちらかというと勉強嫌いだったが、男性の同僚に引けを取ることなく、犯罪者をねじ伏せるためには学ぶしかない。島崎に、暁の武器は台風のような引きだと言われたが、知識を蓄積してこそ引っかかりを感じ取れると信じている。

そうやって頭に詰め込んだ記事はセンセーショナルに煽っているものもあったが、決められているルールと現実の扱われ方との間には、いまだ乖離《かいり》があるようだった。

「いや本当よ。なんせ我々みたいな斜陽産業にとって、技能実習生は救世主やからね」

木村が言う。

「救世主？」

「いまどきの若い子は、先の見通しが立たん会社なんて見向きもせんのよ。けど、このままこの業界を消すわけにはいかんでしょ。服を着んものはおらん。ええ服は人の気持ちを豊かにしてくれる。いずれ上向きになるときがくる。とはいえそれまで持ちこたえるには人手が要るやろ。そのためにやってきてくれた救世主やわ」

「そういう意味の救世主なんですね」

「そう。せやから変な扱いなんて一切せん。企業側に研修もしとる。ほらこの資料見てみ。各種社会保険への加入は必須、日本人労働者と同じく労働基準法やそのほかが適用される、って書いてあるやろ。日本語の講習も受けさせてるし、時給もきまりどおり県の最低賃金を保証し——」

ばさばさとファイルを取りだしては見せてくる木村を、暁は制した。

「ありがとうございます。うちは労働基準監督署ではないので詳しいご説明まではいただかなくてもだいじょうぶです。我々が調べているのは、今西龍宏さんが殺害された件に関してなんです。このマイという女性が、なぜ実習先からいなくなったのか、今はどういう扱いになっているのか、監理団体として把握していることを教えていただけますか」

木村が、複雑な表情をする。

「ＩＭＡＮＩＳＨＩの息子さんやね。あそこも大変やわ。……あ、いや、会社は悪くないよ。アイの失踪の理由も、男を追って逃げたからや」

「男ですか？」

「そう。同じベトナムから来た技能実習生。先にその男がおらんようなって、アイがあとを追ったわけ。さっきも言うたけど、うちの関係先は給与の支払いも生活の支援もちゃんとしとる。寮やて、アパートを借りて家具も家電も入れるよう指導しとるし、けっこう広い。待遇を理由に失踪するなんてあり得んから」

「その男性の名前とデータはありますか？」

木村は苦笑した。

「それはないわ。うちは繊維業しかないから女の子ばかり。たしか建設関係の子やいうから、そっちに訊いて。で、うちの把握がどうなっとるかやったね。……えーっと、外国人技能実習機構にそれ用の書類を提出して、監査記録を見せて判断を仰いだ。それから退職の手続きをした。あとは警察にお任せや。さっきも言うたけど、行方不明者届を出したしね」

暁も、手続きの部分は調べてある。外国人技能実習機構に提出したというそれ用の書類とは「技能実習実施困難時　届出書」だ。男と逃げたという理由なら、ＩＭＡＮＩＳＨＩ側に責はないと判断されるだろう。

「そうですか。では彼女がいなくなってから、シュアンさんがやってきたという流れですね。部屋も、ちょうど空いたところに入ったと」

「いやアイの代わりというわけやない。技能実習生の受け入れは、採用して各所への申請をして日本語講習を受けさせて、って結構な時間がかかる。彼女らは三年で帰るきまり、常時、人は入れ替わるんや。ああ、条件次第で二年延長やけどね。たまたま新しい子が入るタイミングやっただけ」

木村は、左右の人さし指を互いに入れ替えるようにぐるぐる回していた。

暁はそのようすを、醒《さ》めた目で見つめた。

仕組みはそつなく整えているけれど、取り換えのきく道具扱いではないか。なにより、企業も実習生も顔がわかる間柄といいながら、マイをアイと呼び違えたまま気づかないとはどういうことだ。彼の脳内では、行方不明者届を出した時点でマイのデータを消去済みなのだろう。都合のいい救世主もいたものだ。

いや、他人を救世主と崇《あが》めて、自分たちの利益のために存在させようとするなんて、勝手な言い草だ。

なにかわかったら教えてくださいと作り笑いで告げ、暁はその場をあとにした。IMANISHIに向かう。

IMANISHIには、先に福田をやっておいた。従業員たちに傘の女の映像を見てもらうためだ。龍宏の姿には念のためボカシを入れてあるが、誰が映っているかはわかってしまうだろう。それは仕方がない。

暁が工場に入っていくと、福田と日本人スタッフが楽しそうに話をしていた。彼女らも手を動かしてはいたが、実習生たちのほうは無言のままミシンに向き合っている。

「どうだった？」

暁は福田のそばまで寄って、小声で訊ねる。

「映像の女性がマイかどうか、反応は半々ですね。靴はたしかに、似たようなものを履いていたと証言が取れました。けれど見えているのが腰から下なので、マイかどうか確信が持てないようです」

靴はナシ割り——証拠品や贓品《ぞうひん》を担当する捜査員が調べていた。昨年秋、十代、二十代から人気のアイドルグループの女性がInstagramで、同様のデザインの靴を「かわいいでしょ」と披露したことがきっかけで、ファンや流行に敏感な層が欲しがってヒット商品となったようだ。似たり寄ったりの靴が複数の会社から売りだされ、メーカーを絞りこめずにいるうえにそれぞれの販売数も多い。福田に、タオから靴のメーカーを訊いてもらったので、それと一致するかどうか科捜研の判断を仰ぐ予定だ。ちなみに彼らナシ割り班は龍宏の財布の行方も調べているが、そちらはまったく成果がなかった。スマホもだ。

「マイがどこにいるか、誰も知らないとのことです」

福田がつけ加える。

「マイの身長はどのぐらいって？」

「一六〇センチほどだろうと。やや痩せ型とのことです」

そこは一致か、と暁はうなずいた。

今日も春子の姿はない。夫の病気、息子の死と、やるべきことが一気にのしかかっているのだろう。暁とて被害者家族に寄り添いたい気持ちはあるが、なかなかできないのが現実だ。

暁はあたりを眺めまわし、タオの姿を認めた。笑顔で近づいていくも、タオは目を伏せてしまう。

「なにか思いだしましたか？」

「……いえ」

「あなたもこれ、マイさんだと思いますか？」

暁はスマホで映像を再生しながら、タオに掲げてみせる。

「…………歩いてるようす、似てるかも」

タオは自信なげに答えた。液晶画面に、女性がぺたぺたと歩くさまが映っている。

「そういえばあの子、ぺったらぺったら歩いてたねえ」

「雪道で滑らないからいいじゃない。ベトナムは雪、降らなそうだけど、ここらは何回かは積もる年があるからねえ」

タオの言葉を受けて、日本人スタッフが声を上げる。

「みなさんも、マイさんの歩き方だと思いますか？」

福田がにこやかに訊ねるも、断定したくないのか、ふたりは「さあ」と視線を外してしまった。

「どなたかー、マイさんを撮った動画をスマホに持ってませんか？」

暁は大声で訊ねた。人の歩き方にはそれぞれの特徴が出る。つまり人物の特定がしやすいのだ。動画があれば歩容《ほよう》認証をして防犯カメラの映像と照合できる。福田も、笑顔でひとりひとりにうながしていた。彼は、島崎に指示された武器をためらいなく使っていた。

「写真ならある」

実習生のひとりが答えた。続けてパラパラと手が上がる。タオからも提出してもらったが、残念ながら誰も動画は持っていなかった。

それでも素の表情の写真が手に入ったのはありがたい。思いのほか色白で、優しげな、と同時に気弱そうな雰囲気を持っていた。他国から来た人という印象はまったくない。同じアジア系だから当然だが、それは、たやすく周囲に溶けこまれてしまうということだ。暁は、捜しづらいかもしれないと気を引き締めた。

福田が「え」と戸惑うような声を出した。リーダー格の梶田から腕をつかまれている。どうやら彼女は、他者との距離感が近い人、というのが正解のようだ。

「マイちゃんが龍宏くんを殺したんか？」

梶田は顔を近づけて訊いている。

「そういうわけではありませんよ」

福田はつかまれた腕をそのままにして、穏やかに言った。

「なにかご存じかもしれないので、話を伺ってみたいというだけなんです」

暁も補足した。傘の女がマイかどうかは、まず靴が一致してからの問題だ。千鳥足で歩いている男性に話しかける女性は少ないと考えられるため、時間的にも傘の女が殺したか、犯人の元に連れていった可能性が高いと、昨夜の捜査会議ではそう結論づけていた。

「マイちゃんは優しいし、あたしらからもかわいがられてて、不器用なとこはあるけどまじめな子やった。あの子が人を殺すとはとても思えん。けど、あの男ならわからんねえ」

訳知り顔に梶田が言う。「ああ」と隣の女性がうなずいた。

「あの男って誰ですか、マイさんの知りあいですか？」

暁の質問に、納得したようすでうなずく人や苦笑する人、困惑の表情を見せる人など、さまざまな反応があった。ひとりの女性が、梶田に身体を寄せてささやく。

「勝手に話していいの？」

「龍宏くんはもうおらんし、うちの工場は被害者や。遠慮する必要はないやろ。……あんた、教えたげるよ」

ほらおいでとばかりに、梶田は暁にも手招きしてきた。にやけた表情を見せている。

「マイちゃんには彼氏がおったんよ。同じベトナムから来た子。その男の子が急にここにやってきて、龍宏くんを出せいうて騒いだ。いないて答えたら、いったんおらんようなってすぐ、ドアに自転車を投げてきたんよ。ガラスが割れてしもたわ。それで慌てて龍宏くんを呼んできたんやけど、やってきた龍宏くんを殴って大騒ぎや。他人の女に手を出すな、とかなんとか叫んどったんよ」

「つまりマイさんを巡る諍い、ということですね？」

福田が、念を押すように訊く。

「龍宏くんはかわいい子に目がないでねえ。マイちゃんもマイちゃんで、よう龍宏くんの機嫌を取っとった。それで殴られた龍宏くんが殴り返して、ふたり外に出てって、駐車場のあたりでまたやいのやいの。マイちゃんは大泣きしとるし、しばらくは仕事してても気まずそうやったねえ」

「男性の名前と勤務先はわかりますか？」

暁は問う。

「あたしらは知らん。でも仕事は辞めたいうてたよ。春ちゃんに聞いた。おったんは龍宏くんの友達の会社や。そこから逃げたって」

それが、GSFAの木村が言っていた「男」だろう。マイが追っていったということは、ふたりは一緒にいる可能性が高い。

「そうですか。春子さんにたしかめます。春子さんは勤務先もご存じということですよね」

「でも春子さん、彼氏が殴りこんできたのは工場の備品を盗んだマイを叱ったから、って言ってたなかった?」

梶田のそばにいた女性が、そう言う。

「盗んだとは、どういうことでしょうか」

「あたしらにはそう説明したんや。龍宏くんの話には一切触れんかった」

梶田が苦笑している。

「マイさんが備品を盗んだのは事実なんですか?」

暁の質問に、梶田は少し考えこんでいる。そばの女性のほうが、口を開いた。

「昨日通したロッカールームのロッカー。あれは上着や鞄《かばん》など自分の持ちものを入れるもんだろ。ところがマイちゃんは工場の仕事で使うハサミを持ちこんでてね。春子さんに叱られてベソかいてたよ」

「まじめだった……んですよね?」

暁は確認する。

「仕事ぶりはね。私は、マイちゃんはサボりはしない程度のまじめさだと思ってる。素直にしてたらみんなにかわいがってもらえるし、お金を稼ぐ目的で来てるんだから、そのぐらい普通のことだよ。彼氏に泣きついたかもしれないじゃない。お国が違うから、そのへんの感覚の違いはわかんないよ」

当然ながら、人によって感じ方は違う。女性は春子の説明をそのまま受け取っている人のようだ。

女性は声を潜めていたが、実習生のところまで聞こえていたのだろう。複数の視線を暁は感じた。

そのなかのひとりはタオだ。尖《とが》った目をしている。

「マイちゃんがいなくなったときも、工場の手提げ金庫がロッカーに入ってたらしいしさ。持ち出そうとしてたって、春子さん、怒ってた」

女性は、眉間に皺《しわ》を寄せながら続けている。

「ああ、そやった。あの話はあたしも、聞いたときはショックやったわ。あたしなりによくしてあげたつもりやし、マイちゃんからも頼りにされてたと思てたから、裏切られた気持ちも、ちょっとな。よっぽどお金が要ったんやろか。けど、やっぱり人を殺したりはせんよ。あの子にそこまでの度胸はないと思うわ」

梶田が応じる。

「その金庫の件も、ご覧になっていたんですか?」

暁が訊ねるも、女性と梶田は首を横に振る。

「私は見てはいない。ただ、春子さんはかなりおかんむりだったね」

「あたしも。春ちゃん、未遂だから警察には行かんって言うとったけどね」

梶田の言葉に、暁は手を軽く横に振る。

「本来あるべき場所から個人のロッカーに移されていたなら、占有の移転、窃盗は完了してますね。未遂ではありません。取り戻せたのでもうかまわないということなら、異議は唱えませんが」

「へえ、そうなんだ。もうだいぶ経つし、本人いないし、いまさら訴えやしないと思うよ」

「彼氏が乗りこんできたんも、半年も昔の話だったしねえ。ガラスが割れたせいで寒かった。あの寒さ、今持ってきてほしいわ」

梶田の声が、苦笑とともに明るくなった。

「半年前ですか？　具体的にはいつでしょう」

「あれは二月かなあ。言っちゃあなんやけど龍宏くんはいろいろあったで、マイちゃんの名前が出るまですっかり忘れてたわ。ごめんねえ」

梶田がシナを作って、福田に謝っている。

たしかに古い話だ。マイが失踪してからも、三ヵ月半が経っているのだ。

暁はありがとうございますと頭を下げて、再びタオへと目を向けた。タオが小さくうなずく。

ほかの人からもひととおり話を聞き、暁たちは工場を出た。捜査車両のなかで少し待っていると、タオが走ってやってきた。昨日と同じように後部座席に乗せる。

「盗んでない」

タオはいきなりそう言った。むくれた顔をしている。

「マイは使いやすいハサミ、ずっと使いたいと思ってた。だから持ってただけ。ここでしか使わない。盗ってない。マイもハルコさんにそう言った」

「でも工場のものを個人の――マイさん自身のロッカーに入れるのはだめですよ。そのつもりがなくても盗んだとみなされます。間違われても仕方がないですよ」

暁の言葉を、タオは納得していないようだ。

「マイ、ちゃんと謝った。金庫も嘘。ワタシたち、どこにあるかも知らない」

「そう、置き場所を知らないんですね」

頭に留めておく。それが嘘だというなら、なぜ春子はそんな嘘をついたのだろう。

「タオさん、マイさんの恋人の名前は知っていますか？」

「ギア」

「ギアさんが、他人の女に手を出すなって言ったんですよね。ということは龍宏さん——若社長が、マイさんになにかをしたことになりますよね。なにをしたか知ってますか？」

「……ワカシャチョーはマイに、えーと、しつこかった」

タオが、眉をひそめてうつむく。

「しつこいというのは、具体的にはなにをしたんですか？」

「しゃべる。……頭、肩、ポンポンする」

「マイさんは、そのことをどう思っていたか聞いてますか？　昨日タオさんは、マイさんが若社長とよく話をしていたと言ってましたよね。楽しそうだった？　嫌そうだった？」

「いつも笑って話、してた。だけどそれ、仕事しやすくするため。お願いするため。マイは一番日本語がうまいから、みんなのため。楽しいじゃないと思う。なのに、しつこかった」

マイは仕事を円滑に回すために代表のつもりで愛想よくふるまっていた、それを勘違いした龍宏がマイに言い寄っていた、ということなのか。

「もう一度、昨日の話を訊きますね。タオさんは、龍宏さんが怒ったと言ってましたよね。でも本当は電話にではなくて、ギアさんにではないですか？」

タオがうなずく。

「……はい。ごめんなさい」

「ギアさんが働いていたところは知っていますか」

「イサジと同じところ」

「龍宏くんの友達の会社って梶田さんが言ってたの、タガミ建設?」

暁は、助手席の福田と目を見合わせた。

「それは偶然なんでしょうか。つまり、伊佐治さんがマイさんにギアさんを紹介したんですか、という意味ですが」

「イサジ、関係ない。イサジが倒れた去年の秋まで、ワタシたち話したことない。マイもそう言ってた。マイはワタシより一年早く来ていて、ワタシが来たときに、ギアが恋人だって言ってた。スーパーマーケットで会ったたって」

つまりギアとマイは、一年以上のつきあいというわけだ。

「ふたりの連絡先を教えてくれますか」

タオは暗い顔をして、首を横に振る。

「今、マイと電話通じない。ギアは知らない」

「向こうからの連絡もきていないんですか」

「ない」

本当だろうか。暁は、タオの目をじっと見つめた。タオがうつむいてしまう。もう一度訊ねてみたが、連絡はないの一点張りだ。どうにも怪しいと感じるが、タオは言を変えない。

念のためマイのDNA型や指紋が採れないかと、私物が残っていないかを訊ねた。だがマイが残していったものは処分済みとのことだった。部屋も、伊佐治が訪ねてくるからこまめに掃除しているという。

法務省のデータによると、技能実習生の失踪者数は、最も多かった二〇一八年で九千人余りだ。

毎年、在留中の技能実習生の約二パーセントほどが実習先からいなくなる。働いて技術を習得するという目的でビザが下りているのだから、失踪したままでいれば、いずれ不法滞在者となる。誰かのところに身を寄せているか、不法滞在かどうかを問わない仕事に就いているなら、よくないことだがまだマシだ。最悪、犯罪に手を染めるものが出てくるのだ。

早く捕まえることが、次の犯罪を防止することにつながる。それはわかっているが、なにかことが起こってからでないと、彼らがどこにいるか把握さえできていないのが現状だ。

「厄介なことになったな」

タオが車から出ていったあと、暁はつぶやいた。福田も深くうなずく。

6

翌朝の捜査会議で報告をした。夜の街で聞き込みに勤《いそ》しんでいた捜査員は寝ていないものもいて、どうしても澱《よど》んだ空気が漂っている。

それを吹き飛ばすべく、暁は声を大きくした。

「ブイ・ヴァン・ギア、二十五歳。元はタガミ建設に勤める技能実習生で、二年前に来日しています。二月十七日にＩＭＡＮＩＳＨＩのガラスを損傷させ、マル害とも喧嘩。警察への通報はなく、タガミ建設との話し合いで金銭的な解決をしています。その後ギアは、勤務先でいじめがある、納得のいかない給与からの引き落としがある、と監理団体に報告。基本、技能実習生は転職できないのですが、実習先から不当な扱いを受けた場合は別で、監理団体により他社に受け入れを求めることができます。しかしタガミ建設が、いじめはない、引き落としもガラスの修理代だと主張し、監理団体は動かず。その結果、ギアは三月十五日に失踪。三月十八日付で行方不明者届が岐阜南署に提出されています。その後の足取りは不明。使っていたスマホも転売されていました。転売は五月中旬です」

「ガラス代はともかく、いじめというのはどういうことだ？」

司会の島崎に問われる。

「すでにご存じのとおり、タガミ建設の田神輝樹はマル害とは高校時代からの悪友で、マル害からの差し金があったものと見受けられます。タガミ建設の従業員に、いじめについて訊ねたところ言葉を濁すものばかりでしたが、当時、仕事を頼んだ施工主から、雰囲気が悪かったという証言を得ています。またガラス代についても、残っている伝票からみて金額が高すぎます。その件を指摘したところ、タガミ建設側、ＩＭＡＮＩＳＨＩ側、双方ともに慰謝料を含んでいると主張しました」

「ブイ・ヴァン・ギア、ファム・サイン・マイ、二名の件は国際捜査課にも話を通しておく。不法就労者のいる会社を捜査中かもしれないので、必ず、動く前に相談するように」

島崎が確認をしてくる。

ひとつ気になるのだけど、と磯部管理官が声を上げた。

「ギアがマル害に殴りかかったのが二月十七日で、失踪が三月十五日。マイが彼を追って失踪したのが五月九日。どれもかなりの時間が経っていますね。今ごろになってマル害を襲うと思いますか？」

たしかに、というように島崎がうなずく。

暁も、そのことは頭の隅で気になっていた。だが、いくら間が空いたとはいえ、関係がないことを証明できない以上、本人たちを捜しだすしかない。

ふたりの視線を受け、暁は発言する。

「最近になって、なにかの接触があったのかもしれません。科捜研によると、マイが持っていた靴と傘の女の履いていた靴のメーカーは一致したとのことです。そのため、現状、傘の女はマイとみてよいと思われます」

アイドルの女性が履いていた靴は、高級ブランドではないものの価格は万の単位だった。後発となる同じようなデザインの靴の価格はバラバラで、安いメーカーのものは千円台からあった。マイとタオの靴はその最も安いもので、タオによると、アイドルが履いていたから買ったわけではないという。安くてかわいかったから、が購入の動機だ。マイはかわいいものが好きで、そのなかでも安い品を見つけるのがうまかったそうだ。百円ショップにもよく行っていたという。

また科捜研では、傘の女が龍宏に声をかけているかどうかも分析していたが、無言だったのか雨の音でかき消されたのか、検出できなかったそうだ。

「わかった。では次、松本」

島崎が視線を暁から松本に向けた。彼は、事件の四週間前の諍い相手、スキンヘッドにタトゥーを入れた男を捜していた。

「目立つ人相とあり、人物の特定ができました」

松本の発言に、「おお」という声が漏れ聞こえた。松本も得意そうに胸を張っている。

「スキンヘッドが戸井田朝陽《といだあさひ》、二十六歳。元ジムトレーナーで現在パーソナルトレーナーです。仕事のあるときは髪を伸ばしているそうで、事実上無職に近いようです。サングラスが梅沢勇《うめざわいさむ》、二十四歳、アルバイト。以前、客引きまがいのことをしてトラブルになり、捕まったようです。そのときは違法性が認められず釈放されましたが、栄の公園で女性に声をかけていることがしばしばあり、中署の地域課で情報が共有されている人物でした。いわゆる半グレに近いかと。ふたりとも事件当夜に栄近辺での目撃証言があり、マル害の近くにいたことはたしかです。周辺を固めてから当たってみたいと考えます」

「傘の女に該当しそうな人物は、彼らの周囲にいるか?」

「まだ特定はされていませんが、マル害とのトラブルの原因になった女性がいます。問題の靴も量販されてますから、持っていてもおかしくありません」

「よし。心して当たってくれ。次」

龍宏とトラブルのあった相手の情報が、一件ずつ報告された。次々に続くが、それでも全員ではないのかもしれない。どこかに知られていないままのトラブルがあり、その相手が犯人である可能性は残っている。

「宮城の元同僚と、東京の店長についてては関係者のアリバイが証明されたということだな。では次、地取《じど》り班のほうはどうなっている?」

島崎が質問をする。報告は、地取り班を指揮している戸辺《とべ》巡査長からなされた。戸辺は中署や中村署など繁華街での勤務が長く、また粘り強く地道に捜査をするタイプだ。島崎はその経験から、彼を地取りに就かせていた。

歓楽街とあって人が多く、しかし当日と同じ客がいるわけではないため、めぼしい目撃証言はあがっていないという。だが龍宏が友人三名と別れたあと、ガールズバーＲＩＯに入店するまえに利用した店はわかった。ファッションヘルス、店舗型の風俗店だ。規定のコース時間で済ませることを済ませていて、相手をした女性はその後店から外に出ていない、当日はトラブルもなかったとのことだ。

「防犯カメラはどうですか？　その後なにか出ましたか」

とそこで島崎は口調を変える。他部署の捜査員とあって気を遣っているのだ。

担当の中署捜査員は、「まだです」と申し訳なさそうに答えていた。

「では引き続きよろしくお願いします。その映像の件ですが、山城課長と磯部管理官、柳田署長と相談した結果、顔が映っていないこともあり、あの傘の女性の映像をマスコミに発表することになりました。広く目撃者を募ります。マル害の目撃情報と合わせて調べるように」

近隣の店の固定客、公園に集っている若者、以前はドン横《よこ》キッズと呼ばれていた居場所を求めて徘徊《はいかい》する未成年の子たちにも手を広げるべく、地取り班の人数を増やすことになった。龍宏の東京時代のトラブル相手を調べていた捜査員が、役割を組み替えられる。

暁と福田はそのまま、ギアとマイの捜索となった。

会議を終えた島崎が寄ってくる。

「嵐山、おまえ、松本に聴取を頼んだ相手と先に行き当たっちまっただろ。さすが台風女には引きがある。それだけに国際捜査課とはトラブるなよ。同じ刑事部とはいえ、相手のテリトリーは侵すな」

「はい。ですがテリトリーはこちら側の事情です。犯罪者は考慮してくれません。はみだした分はあとで謝ります」

「はみだすなとは言ってない。あとからではなく先に筋を通せと言っている。トラブルじゃなく犯人を引き当てろよ。期待してるからな。じゃあ、国捜《こくそう》に仁義切ってくるから待ってろ」

去っていく島崎の背中を、福田が見つめている。

「期待してるってことは、島崎係長もギアとマイが本ボシだと睨んでるんでしょうか」

暁は、笑って首を横に振った。

「たぶん松本さんにも同じことを言ってるよ。あの人は他人を持ちあげて働かせるのが得意だから。まだいろんな筋読みを並べてる段階だよ」

「そうなんですか。そういえば嵐山さんに台風女ってあだ名をつけているんですね。かっこいいですね」

どこがかっこいいんだ、とつい暁は睨んでしまう。

「島崎係長、僕のこと、シェパードって言ってました。羊飼いですかって訊いたら、ジャーマン・シェパード・ドッグのほうだって。警察犬ですよね、忠誠心に溢《あふ》れた精悍《せいかん》な大型犬。ちょっと嬉しかったです」

にこにこと福田が笑っている。

「……たしかに捜査員っぽいあだ名かもしれない。背も高いし、うん、大型だね」

福田は嬉しそうにしていた。いいように解釈すれば凜々《りり》しい警察犬だが、島崎のことだ、素直なワンコという裏を持たせているのではないか。暁にはそう思えてならない。

7

逃げている不法滞在者をどうやって見つければよいものか。足跡をひとつずつ辿《たど》っていくしかないとはいえ、失踪の段階でその跡がぷっつりと消えているのだ。

暁は考えこむ。マイがタオと同じ部屋に住んでいたように、ギアもタガミ建設が受け入れている別の技能実習生と同居していた。こちらはマイたちより扱いは悪く、三人でひと部屋だ。行方を知らないか訊いてみよう。

タオにも再度確認するべきだ。本当に、タオのところには連絡がないのだろうか。暁は、彼女はなにかまだ隠しているような気がしている。

国際捜査課に話を通しにいった島崎が、ヒントをもらったと言って戻ってきた。

「SNSですか?」

「そうだ。Facebookにベトナム人が交流するコミュニティがあって、仕事の情報を回しているそうだ。まともなものからまともでないものまで」

さっそく自分のスマホをいじっていた福田が、画面を見せてきた。

「ありますね、Facebookにベトナム人の求人が」

「検索ですぐ出てくるのは特定技能制度のものだ。専門性が求められる職種や、技能実習の期間満了後に一定の試験に合格したものの在留資格で、そっちの資格は転職可だから求人もおおっぴらにできるそうだ。つまりまともなもののほうだな。まともじゃないものは地下に潜る。ほかの犯罪で捕まったときに引っぱれるが、逃れたものは次の糸を辿って消える」

島崎の説明に、暁も福田もうなずいた。

「まともじゃないものを扱う連中はボドイと呼ばれていて、ベトナム語でボドイ――『Bộ Đội』と、こう書くとのことだが、この単語を入れて検索すると、それらのコミュニティのグループがいくつか出てくるそうだ」

国際捜査課でもらってきたのだろう、島崎がメモを寄越してきて、また話を続けた。

「グループに参加している人数の多さからみて、全員が全員、不法滞在者や不良ベトナム人というわけじゃなく、ちょっとイキりたいだけのやつもいるんだろう。本当にアンダーグラウンドなものは検索不可の設定になっていて、簡単には引っかからない。鍵付きだから相手の承認を得ないと中を覗くこともできない。そういったやばそうな仕事を回すブローカーは複数いるようだ」

「闇バイトやパパ活募集みたいですね」

福田が応じている。

「ということは、ベトナムの人に見せてもらうしかないわけですね。国捜で依頼している通訳さんにお願いできないでしょうか」

暁の質問に、島崎が肩をすくめた。

「俺も同じことを考えたが、断られた。下手な動きをすると、グループから排除されるそうだ。向こうのシマは荒らせない。情報があれば知らせるからおとなしく待っていろと言われた」

「それで、国捜で今抱えている案件とは、絡みそうなんですか？」

「ギアとマイの件は伝えた。今の案件では、そのふたりの名前は上がっていないとのことだった。

在留ベトナム人の支援団体や駆け込み寺、NPOにも確認してくれるというが、そういった表に出ている団体の支援を受けているなら、労基や外国人技能実習機構などの行政とすでにつながっているだろうとのことだ。三月から先が追えていないなら、潜っている可能性が高いと言っている」

「じゃあいったん自由に動いていいですか。もちろん、報告は上げますので」

暁には、ひとつあてがあった。タオから以前、SNSという言葉が出たことがあったのだ。

ひととおりFacebookをチェックし、翻訳サイトとくびっぴきでボドイのコミュニティグループへの侵入を試みたものの、暁も福田もベトナム人になりすますことはできなかった。

あらかじめ聞いてあった就業時刻のあとに、ギアの元同僚、ヒェウを訪ねる。暁たちが最初にタガミ建設の現場を訪ねたときに、伊佐治と一緒にいた男性だ。彼はギアよりも早くから実習に来ていて、純朴で人に流されやすいというギアのひととなりは話してくれたが、タガミ建設からいなくなった経緯については口が重く、自分の立場では言えないとしか答えなかった。ギアは、IMANISHIのガラスを壊したため最後の給与はほぼゼロだったそうだ。そのため借金を申しこまれたという。ベトナムから日本に来る際に、送出機関から手数料として多額の負債を背負わされたヒェウは、その支払いや家族への送金があって余裕がなく、断ったそうだ。ギアの懐事情は厳しいだろうと言っていた。

ヒェウの証言でひとつ気になったのは、ギアがマイに金を貸していたという話だ。去年の十二月ごろ、ギアが生活費を切り詰めていたので不審に思って訊ねたところ、マイに貸したと答えたそうだ。事情も金額も聞いておらず、ヒェウ自身、暁たちに問われるまで忘れていたという。

ギアのＳＮＳや、それらのネットコミュニティへの参加については、わからないとのことだった。ヒェウ自身はやっていないという。それが本当か嘘かまでは読み取れなかった。部屋のもうひとりの同居人は、ギアの失踪後に入れ替わっていて、顔さえも知らないとのことだ。

話を終えたあと、タオの帰宅を彼女のアパートのそばで待った。

ＩＭＡＮＩＳＨＩから歩いてすぐの、築四十年ほどの鉄筋コンクリート造のアパートだ。外階段の手摺《す》りに錆《さび》が浮いているが、外壁に目立つ損傷はなかった。各階四戸の三階建てで、北面に玄関、南面に各戸二部屋を持っている。一方に狭いベランダが、一方に腰高窓がついていた。ベランダや窓の手摺りもまたあちこちが錆《さ》びている。その南面が、コンクリート敷きの駐車場に接していた。日当たりはよさそうだが、この時期は地獄の暑さだろう。帰宅していない住人が多いのか駐車場は空いていて、誰かが勝手に持ってきたのか、スーパーのカートがぽつりと置かれていた。

モラルの低い住人の誰かが持ってきたのだろうと福田と話していると、道の向こうにタオの姿が見えた。シュアンと並んで歩いてくる。

「もう少し話を訊きたいのだけど、いいですか」

暁は声をかけた。

三日続けての訪問とあって、タオは一瞬、迷惑そうに顔を歪めた。それでもすぐに笑顔になる。そうやって周囲の機嫌を取りながら仕事をしているのかと思うと、暁は申し訳ない気分になった。マイが龍宏に対して見せていた態度と同じだろう。自分が取り換えのきく存在だと認識しているから、そうならないよう相手を持ちあげる。彼女らにそうさせているのは、こちらのふるまいなのだ。

タオたちの部屋に入れてもらった。三階の右から二つ目だ。扉を開けたとたん、蒸し風呂のような熱気に包まれた。シュアンが窓という窓を開け、クーラーもつけた。古い型の壁掛けエアコンだから、会社側が以前設置したのだろう。ＩＭＡＮＩＳＨＩは十年ほど前から監理団体ＧＳＦＡを通じて技能実習生を受け入れ、その人数を徐々に増やし、別のアパートだが借り上げの部屋も増やしているとのことだ。ここは築年数の古さと、話で聞く壁の薄さはともかく、クロスはきれいで部屋の広さは２ＤＫ、バスとトイレも別々についている。ＧＳＦＡの木村が言うように、たしかに住環境は悪くない。

タオは腰高窓のところに座って外の手摺りにもたれかかり、うちわで身体に風を当てていた。ドラッグストアででももらったのだろう、俳優の笑顔と薬品の名前が並ぶ小型のうちわだ。

「なにを訊きたいですか」

「以前、ＳＮＳをしていると言ってましたね。今もマイさんとＳＮＳでつながってるんじゃないですか。彼女の行方を、本当に知らないのでしょうか」

タオが、じっと暁を見てきた。シュアンは相変わらず、言っていることがよくわからないといった表情で、ただほほえんでいる。

「知らないです。これがマイのＳＮＳ。でもいなくなってから、それきり」

タオが自分のスマホの液晶画面を見せてきたので、暁は身を乗りだす。Facebook のアプリだ。マイの画面が出ている。

マイのプロフィール写真は本人で、カバーと呼ばれる背景の写真には複数の人物が写っていた。中年男女、老齢の女性、マイ、マイよりもいくつか年下の男女が数名と、ベトナムにいる家族のようだ。背景は自宅なのか室内だが、いくつものハートや星、光のようなエフェクトでデコレーションされている。なるほど、かわいいものが好きという話だった。家族のことも大事にしているのだろう。

「それっきりとは、更新がされていないということですね」

「更新？　あ、はい。そう。ストップしてます。メッセージ送ったけど、返事ありません」

「アカウントのアドレスをもらいます。貸していただいていいですか」

福田がタオからスマホを受け取り、操作をしてプロフィールURLを表示させ、その画面を自分のスマホで撮っていた。

さらに福田は、タオからマイへのメッセージを表示させた。ベトナム語なので内容はわからない。だが画面をよく見ると、タオが発信した最後の数件のメッセージには既読を示すマークがついていなかった。

「読まれていない。つまりマイはSNSにアクセスしていないってことか」

暁がつぶやく。福田が「でも」と言う。

「スマホを売った際に、ログインのパスワードを忘れたなどの理由で、アカウントを放置したままにしている可能性もありますよ。Facebookのルールでは複数アカウントの作成を禁止してますが、別のものを作ることは理論上可能なので、アクセスしてないのはこのアカウントに、です」

福田がタオに向き直る。

「マイさんの別のアカウントはご存じですか？」

「知らないです」

「そうですか。すみませんがもう少し操作させてください」

タオはまたもの言いたげな表情を見せたが、小さくうなずいた。福田は、再びマイのプロフィールに飛び、「友達」を表示させた。並ぶベトナム語の名前にたじろいでいる。

「ギアのアカウントはどれですか？」

タオが自分のスマホを受け取り、ひとりの男性を選びだした。プロフィールを表示させる。こちらも顔写真が出てきた。捜査本部が手に入れた写真と同一人物とみて間違いない。

「ギアのほうも更新がないですね。彼へのメッセージはどんなものを送りましたか？」

福田の質問に、タオが首を横に振る。

「ギア、友達になってない」

福田はまた、画面の写真を順に撮っていった。暁はタオに向けて訊ねる。

「タオさんはボドイを名乗るグループに入っていますか？」

「いいえ」

「マイさんやギアから、新しいアカウントからの友達申請も含めて、連絡がきたら知らせてください」

タオは黙ってうなずいていた。


捜査本部に戻った暁と福田は、マイとギアのFacebookを細かく調べることにした。ふたりとも、スマホを転売した五月を最後に更新が止まっている。

「ギアが失踪したのは三月十五日ですよね。彼はすぐにスマホを手放さず、マイが失踪したあとで売っている。これは、彼女との連絡を途絶えさせないためと考えるべきでしょうか」

福田が暁に訊いてくる。五月中旬までしかわからないものの、ふたりの電話番号の通信記録は電話会社に依頼していた。

「おそらくは。けれど、マイに新しいスマホの番号やアプリのアカウントを伝えれば済む話だよね。ほかになにか理由があるのかもしれない」

と答えたが、福田は返事をしない。自分から訊ねておいて彼にしては珍しい、と暁が目を向けると、福田はノートパソコンに表示させたギアのFacebookを凝視していた。険しい顔で、投稿された写真を拡大している。組まれた足場と、住宅、そして白い点がいくつか散る空が写っていた。

「どうかした？」

福田は、暁にノートパソコンの画面を向けた。

「これを見てください。背景に電信柱が写ってますよね。街区表示板がわずかに見えます」

街区表示板とは、電信柱や家の塀などに貼りつけられている縦長のプレートだ。町名や地名、番地などが記されている。

「今年の四月にアップされた写真です。記事の内容は……」

おおまかになら翻訳アプリで読めると、福田が自分のスマホのカメラを向けていた。現場近くに大量のシラサギが飛んでいたので写真に撮った、そんな内容のようだ。

「ギアは、この付近で仕事をしていたんですね」

「つまり近辺の工務店か建設会社にいる、と」

暁は福田と顔を見合わせる。福田が笑顔になっていた。きっと自分もだろう。

「嵐山さん、明日にでも聞き込みに行きましょう」

「島崎係長に報告をしてくる」

「僕が見つけたって、言ってくださいよー」

「わかってるよ！」

島崎に、国際捜査課との話をつけてもらった。早速翌日から、写真の街区表示板の付近で該当日に行われた建設について周辺の住宅に聞き込みを行う。

二日後、不法就労助長罪で愛知県海部《あま》郡蟹江町《かにえちょう》の建設会社トートーダに、国際捜査課と管轄の蟹江署から捜索が入った。

8

「いない？　ギアがいなかったってどういうことですか」

暁の質問に、島崎が書類を面前へと突きだしてきた。

「これが摘発された元実習生のリストだ。ベトナム人五名、中国人二名。トートーダの総務担当者曰く、知人を雇ってほしいと従業員から泣きつかれてやむなく入れた。だそうだが、その話が本当かどうかは国捜がこれから調べる。在留カードの確認はしていなかったらしい。相場より安い賃金で働かせていたようなので、失踪した実習生と知ったうえで雇ったのだろう。最初に知人の雇用を頼んだ従業員は、もう辞めているとのことだ。その後も紹介者がバトンされていき、ギアは三月半ばに入ってきて、五月半ばに消えた」

「ギアの紹介者は誰ですか」

リストを見つめながら暁が訊ねるも、島崎は「辞めた」と、ひとことだ。

「その人を追わないんですか?」

「まず、今、国捜が問題にしているのは元実習生のひとりひとりじゃない。トートーダのほうだ。当会社での不法就労が組織的かどうかを調べている。元実習生たちは在留資格を失っているため、不法滞在者扱いで出入国在留管理庁に送られる」

「彼らはもう入管に?」

「いや。会社側の説明に齟齬《そご》がないか、事実確認をしている段階だ。そしてより重要なのは、偽造在留カードだ。国捜が以前から追っていた事案のひとつだそうだ。トートーダではカードの確認そのものをしていないから関係はないかもしれないが、ルートを知っている人間がいる可能性は否定できない。だからギアの紹介者がそのルートを知っていそうだったら、追うことになるだろう」

「トートーダは国捜の未チェック先だったんですよね。ということは我々が向こうに情報を与えたということですよね。……見返り、当然いただけますよねぇ」

暁は笑顔をつくり、前のめりに訊ねる。

「話、訊きたいか?」

島崎がもったいぶるように言った。

「もちろんです」

調整の結果、日本語が達者なひとりに話を訊く時間をもらえた。グエン・チ・クオンという名のその男性は、ギアが働きはじめる一年ほど前からトートーダにいたという。ベトナム人五名は、1

DKのアパートの隣同士の二部屋に住んでいたそうだ。ギアがいたときは三人で一部屋、クオンと同室だった。――という建前だが、トートーダで働いていない不法滞在のベトナム人も住み着いていて、その男は現在、行方をくらませているという。

「ギアは不満そうだった。前の会社のほうが金もらえたって。うちに来るにも金が要ったって。だけどいじめられて、違う金も給料から引かれるようになって、嫌になって逃げたと言ってた」

クオンの証言はギアからみての説明だが、暁たちが調べたタガミ建設での仕打ちと大きな違いはなかった。

「ギアはトートーダからも逃げたということですね。理由はご存じですか？　次の仕事のあてを聞いていませんか」

暁の質問に、クオンは肩をすくめている。

「もっと稼げる仕事が見つかったんじゃない？　逃げる理由なんてほかにない。みんな、やってきては辞めていく。ギアが見つけたかどうかはわからない。聞いていない」

「どういうふうに稼げる仕事を見つけるんですか？　SNSのコミュニティでブローカーを探すんですか？」

「たぶん」

「あなたも探したことがあるんですか？　ブローカーを知っているなら教えてください」

クオンは眉をひそめて、げんなりとした表情になった。

「知らない。紹介してもらう代わり、金払わないといけない。紹介してもらった会社がダメなところだった友達いる。もう連絡が取れない。日本に来るのにも金が要ったのに、借金がどんどん増える」

　澱んでいくクオンの表情に、暁は相槌が打てなかった。タガミ建設の実習生、ヒェウも言っていたが、日本で働くために借金をする人がほとんどだそうだ。日本に送りだすための手数料と日本語学習経費は法律で決められているが、それより高い金を要求する送出機関も、その機関にキックバックを求める監理団体も、いまだ存在する。とはいえ日本においては監理団体の上に外国人技能実習機構があり、一応とはいえ、国から監視の目が入っている。だがブローカーにはストッパーなどない。弱い人間を食い物にする相手に当たらない保証などない。

「逃げるか逃げないか。オレは一度逃げた。でもこれ以上逃げないほうが金が貯《た》まると思った。まだ借金が残ってる」

　クオンはそう言うが、彼はもう日本で金を稼ぐことはできない。入管施設に収容されたあと、強制退去の対象になってベトナムに送還されるだろう。

　現在ギアと連絡を取っているかという質問にも、彼に親しかった仲間がいるかという質問にも、クオンは否と答えていた。

「ギアが怒ったところを見たことはありますか？　誰かを殴ったことはありますか？」

　タガミ建設で同僚だったヒェウは、ギアのことを純朴で人に流されやすいと評していたが、クオンはどう感じたのだろう。ギアは人を殴り殺すことのできる人間なのだろうか。

　クオンが考えこむ。

「人を殴ったことはない。地面を殴ったことはある。たぶん怒っていた」

「地面……、怒りを発散していたということですか。地面を殴ることで自分の気持ちを落ち着かせるというような」

「それはわからない」

「ギアにはつきあっている女性がいました。この女性、マイという名前です。見たことはありますか？」

暁は、タオから手に入れたマイの笑顔の写真を見せる。

「ある。ギアが地面を殴ってたのは、この子がアパートに来たあと」

どういうことだろう、と暁は困惑する。怒りを抱いた相手は、マイ？　なぜそんな怒りを？

「それはいつのことでしたか」

「四月の終わりぐらい。言い争っていた。話は聞いていない。女の子はすぐ帰った。でも何日かしてまた来た。今度は仲良し。言い争ってない」

「二度目に訪ねてきたのはいつですか」

「休み……ゴールデンウィークが終わって少しぐらい。女の子はたぶん逃げてきた。すごくじゃないけれど鞄が大きかった」

クオンが手で楕円《だえん》の形を示した。二、三泊くらいのボストンバッグの大きさだ。

「その日、女の子は台所に泊まった。ギアとなにか話してた。二日してからいなくなった。次の日かその次の日、ギアもいなくなった。だからふたりで逃げたんだって、みんなで話をした」

「三月十五日、まずギアが実習先から逃げた。四月の終わりごろ、マイがギアのアパートに訪ねてきて言い争いになり、帰る。五月九日、マイが実習先から逃げて、ギアのところに来る。だが二日経って、つまり十一日に消える。翌日か翌々日、つまり十二日、十三日ごろにギアが逃げる。その後の足取りは不明。そういうことですね」

福田が過去のカレンダーを見ながら確認する。

「二月十七日にギアがIMANISHIに来て龍宏を殴ったのが、まず、じゃないかな」

暁の指摘に、「そうでした」と福田がうなずいた。続ける。

「マル害からマイにちょっかいを出されて腹を立てて殴った。そのせいで実習先から逃げざるを得なくなり、結果、収入が減った。トートーダに来たものの紹介料と収入減で借金が増えた。全部マル害のせいだ。という考えにギアは陥ったんじゃないでしょうか。マル害が、自分をいじめる田神たちと毎週のように飲みに出ていたことは知っていたはずです。網を張っていたのか、偶然会ったのかはわかりませんが、怒りから襲い、財布も奪った。この筋読みなら、トラブルから半年後の犯行でもおかしくないですよ」

福田の話を聞きながら、暁は考えこむ。

「傘の女がマイだとすると、彼女はどこにいるんだろう。水商売の可能性が高いかな」

「襲った日よりも以前に、マル害を見かけていたのかもしれないですね。彼が最後に行く店はある程度定まっています。何度か見かけてギアに教え、これは襲えるとわかって、いざ当日。……うん、きっとそれですよそれ」

しゃべりながら、福田が興奮していく。

「ガールズバーRIOをはじめとするマル害常連店の周辺の店に、マイが勤めているかもしれない。島崎係長に相談して、明日朝の捜査会議で地取りの人を厚くしてもらおう」

暁のその提案に、島崎は呆れ顔をした。

「なにをいまさら。そのあたりはもともと重点的に調べている」

「すみません。そのとおりでした」

暁は指摘に、まずうなずく。だが、それでもマイは見つかっていないのだ。近くにいるという見立ては間違いなのか。ほかにどこがある？

「それはともかく、マイとギアによる犯行とする理由に納得感が出てきたじゃないか」

島崎は、満足そうでもあった。もう一方の筋の進行を訊ねてみる。

「例の半グレ、戸井田と梅沢のほうはどうなっていますか。捜査会議での松本主任の報告がありませんが」

「傘の女がな、なかなか見つからないんだ。難航中だ」

マスコミに流して募った目撃情報も、集まっていないという。

9

翌朝開かれた捜査会議で、暁は耳を疑った。

「ファム・サイン・マイとみられる女性ですが、六月十一日まで錦三丁目にある接待を伴う飲食店、すきにいＳＨＩＰにて勤務していたもようです。当時彼女は妊娠しており、すでにそれとわかる状態だったようです。ですが十一日の勤務を最後に失踪し、それ以降は行方がわからなくなっています」

地取り班を率いる戸辺が重々しく言う。

妊娠している？

「それとわかる状態とは、妊娠何ヵ月ぐらいなんだ？」

島崎もさすがに驚きの表情を浮かべている。

「正確には不明です。店のホステスに経産婦がいて、その女性によると六、七ヵ月ではないかとのことです。マイは痩せ型で、普段の服では目立たなかったものの、店で用意しているスリムな衣装では腹部の突きだしがあったとのことです」

「その状態で店に出していたんですか？」

二日ぶりに会議に参加した磯部管理官が、呆れた声を出す。

「すきにいSHIPは癒し系キャバクラだそうで、熟女もいればふっくら体型の人もいて、過去にも妊婦のホステスがいたそうです。その妊婦はけっこう人気だったようで、今はやりの多様性だと店のママは言っていました」

「マイが自分で働かせてほしいと、その店にやってきたんですか」

手を挙げて発言許可を求めた暁に、戸辺はすかさず答える。

「ほかの店から紹介されたようだ。すでに働いているスタッフが妊娠したならともかく、最初から妊娠している女性を雇う店は少数だろう」

「五月半ばから六月十一日の一ヵ月が、妊娠六、七ヵ月ということは、事件のあった日は九ヵ月ごろ？　いや下手すると十ヵ月？　どちらにしても子供が生まれるか生まれないかって時期じゃないですか。だとすると傘の女はマイじゃないのでは」

福田が、暁の隣から小声で話しかけてくる。防犯カメラの位置のせいで傘が上半身を隠していたが、下半身はうしろ姿ながらすっきりとしていた。妊婦と考えるには苦しい。臨月を迎えるころなら歩き方も違うはずだ。

と、その声を島崎がすかさず拾った。

「そのとおりだな。傘の女はマイではない。よってマル害を襲ったのもギアとは考えづらい。嵐山と福田は今の捜査を中断。いったん松本と合流して――」

待ってください、と暁は立ちあがる。

「その店の女性は本当にマイだったのでしょうか。同室だったタオに妊娠の有無をたしかめさせてください」

戸辺が鼻白んでいた。

「こっちだって店のママに写真を見せて確認している。本人が日本人だと言うので身分証の確認は怠ったそうだが、同僚のホステスは、アジアのどこかの出身ではないかと思っていたと言った。怪しまれたらハーフと答えればいいとアドバイスをしたそうだ」

「すみません、疑っているわけではないんです。ただ、慎重を期したいと思っています。それにもしその女性がマイだとしたら、胎児の父親が気になります。父親は恋人のギアではなく、マル害、今西龍宏ではないでしょうか」

全員の視線が、暁に集まった。

「二月十七日、ギアがＩＭＡＮＩＳＨＩで暴れてマル害を殴ったのはなぜなのか、四月終わりごろ、逃亡先にやってきたマイと言い争っていたのはなぜなのか。マル害がマイを妊娠させたのだとすれば、どちらも納得がいきます」

たしかにそうだという雰囲気が、ざわめきとともに会議の場に漂っていた。島崎が磯部管理官のようすを窺ってから、小さく首肯した。

「わかった。たしかめてこい。だが、その店の女性がマイだとすれば、やはり傘の女ではないとなる。中断には違いないぞ」

「はい」と暁は姿勢を正す。

作り笑いのうまいタオは、表情から感情が読み取りづらかった。彼女が隠していたのは、マイの妊娠だったのではないか。


ＩＭＡＮＩＳＨＩには、工場長の春子がいた。龍宏の遺体はすでに荼毘《だび》に付され、葬儀に伴う行事も済んでいる。社長である夫は入院中で、息子もいない今、彼女がすべての責任者だ。悲しんでいる暇はないのだろう、目元が落ちくぼみ、見かけはやつれていたが、声は張っていた。

「何度もお越しいただきご苦労さまなことですね。今日こそは息子を殺した犯人を教えていただけるのですか」

春子は、礼に嫌みを混ぜてくる。目には迷惑げな色も見えた。暁は頭を下げる。

「申し訳ありません、まだ捜査中です。従業員のみなさまにも引き続きご協力いただきたいのですが」

それを聞いた春子が、鼻で嗤《わら》った。

「そんなに何度も訊かれたって答えは変わりませんよ。ま、先日そちらさまがいらしたときのお話からあらかたの見当はついていますけど。うちに実習生として来ていたマイと、その恋人が犯人だそうじゃないですか」

「確定したわけではありません。まだ調べている段階です」

「そうなんですか？　マイが雨の中、龍宏に声をかけるようにしていた映像を見せられたと聞いていますよ」

「彼女かどうかをたしかめていただけで、そちらも確定していません。本当にまだ、犯行に関わっていると決まったわけではないんです」

「マイにはよくしてあげたんですよ。彼女だけじゃなく、実習で来ている子たちみんなにしてあげてますよ。なのにマイは盗みを働くし、失踪してしまうし、あげくが……本当にひどい話です」

話をしているうちに春子の目が赤くなり、ついには涙が滲《にじ》んできた。遺族に泣かれるのは辛《つら》い。マル害がどんなに札付きの悪《わる》であっても、心を持っていかれてしまう。ただ、言うべきことは言わないといけない。

「マイさんがハサミをロッカーに持ちこんでいたのは、盗もうとしたのではなく、行き違いから生じた誤解だと聞いています」

心外そうに、春子は口を尖らせた。

「その言い訳は聞きました。本当かどうかはわかりませんけれど」

「龍宏さんがマイさんに興味を示していたことはご存じですか？　ふたりの仲はどのように把握なさっていましたか」

「仲ですって?」

春子がおおげさに驚いた。

「仲もなにも、以前も申しましたでしょ、龍宏は実習生の誰にでも優しく接しています。それこそ誤解ですよ」

「そうですか。では実習生の方々にお伺いしてみますね」

春子が、言質《げんち》を取られてしまった、と言わんばかりの表情になった。だが仕方ないと諦めたようだ。ため息とともに、「わかりました」と答える。

「今日は事務室が空いてますけど、そちらでよろしいですか」

「前回と同じほうが緊張しないでしょうから、ロッカールームでお願いします」

暁の言葉に、春子は勝手にすればいいとばかりに顎で場所を示す。

福田とともに、実習生をロッカールームにひとりずつ呼んでいく。「自分らはええの?」と訊ねてきた梶田が、どこか残念そうな表情を浮かべていた。福田の武器はなかなか効いている。とはいえ春子には通用しないようだ。春子は福田の笑顔など目もくれず、不機嫌を隠さないようすで実習生に睨みをきかせていた。

実習生からは、龍宏は優しかった、マイとよく話をしていたと、初日に聞いたとおりの答えが続いた。最後に本命のタオを呼ぶ。

「マイさんが妊娠しているという情報が出てきました。タオさん、あなたは知っていたんじゃないですか」

暁は直球で切りこんだ。

タオの表情が固まっていた。……これは、知っていた？　知らなかった？　暁は疑念を抱きながらその顔をじっと見つめる。

タオは、ゆっくりと首を横に振った。

「知らなかった。……じゃあマイ、見つかったの？」

「見つかってはいません。期待させてしまってごめんなさいね。ただいっとき一緒にいた人がわかっただけです。タオさん、本当に、妊娠のことを知らなかったのですか」

タオが考えこむように下を向く。しばらくしてから顔を上げた。

「知らなかった。それ本当。でもマイ、なんか考えてた。悩んでいた」

「タオさんは、そのことでマイさんにどんな声をかけましたか」

「なにも……」

唇を嚙《か》んだタオに、暁はこのタイミングだとさらに訊く。

「悩んでいると気づいていたのにですか？」

「……それは、あの……」

暁はタオの顔を凝視した。答えを待つ。沈黙に耐え切れないように、タオがぽつりぽつりと話しだす。

「……まえに、マイ、お金、貸して、そう頼まれたことあったから。またその話かなと思って。でもワタシ、お金ない。言われたくなくて。……それと」

「それと？」

おうむ返しに訊ねたが、タオはまた黙ってしまった。暁は問いを重ねる。

「お金を貸してと頼まれたのはいつのことですか」

「……去年。十二月ぐらい」

「マイさんはどうしてお金に困っていたんですか？　ここのお給料は、ちゃんともらえていましたか」

ギアも十二月にマイに金を貸したと、タガミ建設の同僚、ヒェウから聞いている。

「もらってた。お金貸しては、マイのおとうさんが怪我《けが》したから。マイ、すごく心配してた。弟や妹が困ってるって。マイおうちの人、大好き。でもそのあと、もうだいじょうぶって言った。けどまた、だいじょうぶじゃなくなったかもしれない。だから、マイとは話、あまり」

「警戒して——関わりたくなくて、距離を置いていたということなんでしょうか？」

タオが硬い表情のままうなずく。妊娠に気づかなかったのはそのせいだろうか。それとも知らなかったというのは嘘だろうか。

「マイさんは、もうだいじょうぶって答えたんですね。それはつまり、誰かからお金を借りた、ということですよね。誰から借りたかは聞きましたか？」

「……わからない」

そう答えるタオだが、表情は青ざめていた。ギアからと答えてもいいのにだ。

暁は、福田の視線を感じた。彼も自分と同じことを考えているようだ。金を借りた……またはもらった相手は、たぶん。

「ところでタオさん、マイさんが妊娠したのも十二月ぐらいのようなんですよ」

「十二月……」

「そう十二月。そのころなにか、変わったことはなかったですか?」

「……いえ……」

「答えてください。大切なことだから」

暁はタオの肩に手を伸ばしかけ、途中で止めた。タオの目を見つめる。

その目から、涙が流れた。


タオが語ったのは、タオから見たマイのようすだ。正しいかどうかはまだわからない。

だが昨年十二月、マイが実家からの連絡を受け、日本円にして数十万円ほどを必要としたのはたしかだ。マイは自分の貯金とギアから借りた金をベトナムに送っている。それでも足りずにタオに借金を申し込んだが、タオには余裕がなく、日々の食費を多めに負担することしかできないと答えた。

十二月半ばのある夜、マイの帰りが深夜になった。先に眠っていたタオは、風呂から聞こえる水音とマイの泣き声で目が覚めた。声をかけたが、マイは放っておいてとしか答えない。

翌日、マイは仕事を休んだ。その日は工場に来ないと言っていた龍宏が来ていて、マイのことを訊ねられた。身体の調子が悪そうだと答えると、すぐに帰っていった。アパートの部屋に帰ると、冷蔵庫にオレンジとリンゴが入っていた。マイは自分で買ったと答えた。自分たちベトナム人は果物が好きなので、それ自体は珍しいことではないけれど、いつもはビニールに数個単位で入っている安いリンゴしか買わない。ひとつずつピンク色のネットで包まれた大きなリンゴを、マイが買ってくるとは思えなかった。

マイは翌々日から出社した。龍宏がなれなれしく話しかけていたが、マイは避けていた。なにがあったのか、タオはマイに訊ねたが、マイは答えてくれなかった。

ほどなくマイは食費を出すようになり、お金はもうだいじょうぶだと言った。

タオは、訊いてはいけないことがあったのだと思った。ギアがときどきアパートに来ていたから、口に出さないようにしなくてはと心がけた。タオ自身はその少し前から伊佐治と話すようになっていて、自分の楽しみが増えていた。怖いことは考えないほうがいい、そう決めた。

二月に、ギアが工場に殴りこんできて、マイが泣いていて、そのときのことがギアに知られたのだと思った。けれどマイは自分に相談をしてこないし、怖い話に巻きこまれたくはなかった。だから声をかけなかった。

三月にギアが失踪したときは驚いたが、マイが連絡を取っているところを見たので、安心した。でもギアと喧嘩でもしたのか、マイは具合が悪そうにしていた。伊佐治がそばにいる自分が、その幸せが、申し訳ないように思えて踏みこめなかった。一緒に暮らしているけれど、マイは疲れているのか帰ってすぐ眠ることが多くなり、話をすることが少なくなった。

マイが会社ともめているように感じたのは、四月半ばのことだ。

春子も龍宏もマイに冷たい態度を取っている。気にはなったけれど、なにか大きなことが起きたのならマイは自分に言うだろう、そう思っていた。そうこうしているうちに、マイがいなくなった。

マイがギアを追っていったのは本当だと思う。ほかにマイの行く場所を思いつけない。だけど手提げ金庫を盗もうとしたというのは、春子の嘘だと思う。マイが悪いということにして、不都合なことを隠しているのだと思う。ただ、誰にどう訴えたらいいかわからない。監理団体の人は春子たちの味方だ。なにかあっても、誤解だよ、注意しておくから、もう少しがんばって。それしか言わない。

「タオ、自分の話したことは会社に内緒にしてほしい、追いだされたくない。そうも言ってましたね。よほど怖いんでしょうか」

福田が、歪みのある工場のトタン壁を睨みながら言う。暁たちはIMANISHIでの聴き取りを終えて、車に戻っていた。エンジンはかけているが、サイドブレーキはそのままだ。

「金を稼ぐために異国に来て、同僚がレイプされてその後失踪して、その犯人が殺されて。自分だったら怖いよ。巻きこまれたくない気持ちはわからなくもないね」

怖い話なんて知りたくない、恋人との幸せな時間だけを見ていたい、そんなタオの現実逃避が、マイの窮状に目を瞑《つぶ》ってしまった。タオは、そういう気持ちごと警察に隠したかったのだろうか。

「嵐山さんが、……怖い、ですか」

助手席で、福田がしみじみとした声で言った。驚きの目で見つめられている。

「なにその顔は。わたしが怖いじゃなくて、わたしがタオの立場だったら怖い、だよ。それにIMANISHI、下手すると潰れるかもしれないよ。日本人パートがふたり、いなかったでしょ。ロッカーに書かれた名札の数が減っていたから、休んでいるわけじゃない。辞めてもらったのか、沈む船から逃げたのかわからないけど。この先自分がどうなるか、それも怖いんじゃない?」

「あー、だからロッカールームで聴き取りをって指定したんですか。さすが嵐山さん、ハンパないですねー」

「言い方！　そういうのは観察眼があるっていうの」

睨んでやると、福田が、「すみません」と笑った。だが、すぐにまじめな顔になって言う。

「マル害はマイにただしつこかっただけじゃなかったんだ。過去にも強制性交等罪で逮捕歴があります。今は、不同意性交等罪ですね」

「状況証拠しかないけどね。……子供の父親がギアなのかマル害なのかは、マル害のＤＮＡ型があるから、生まれてみればわかる」

「だけど関係したかどうかはわかっても、合意かどうかの証拠にはならないですよね。金が欲しいとマイから誘ってきた、そう主張するかもしれません。まあ主張もなにも、本人は死亡していますが」

「春子がいるよ。マイが会社ともめていたってことは、春子も知っていた話なんだろう」

「でもなぜ、マイは堕胎しなかったんでしょう」

福田は首をひねっている。

「二十二週」

「え？」

「堕胎の期限だよ。気づかなかったのかもね。そこを越えたら母体保護法により堕胎できなくなる。事件が起こったのが十二月半ば、そこで受胎したとして、最終月経開始日が妊娠ゼロ週となる。受胎可能期間には幅があるけれど、ざっくり二週間前と見積もって、そのゼロ週は十一月末から十二月頭といったところだろう」

福田は戸惑いの表情を浮かべている。

「なぜ受胎日がゼロじゃないんですか。ややこしいです」

「そこまでは知らない。以前の捜査で調べただけなんだから。けれどそこから計算すると、ゴールデンウィークが妊娠二十二週あたりになる。春子に問いただそう」

「のらりくらりと逃げそうな気もしますが」

険しい声の福田が、また工場の壁を睨む。

「逃げられないように、搦《から》め手で攻めてやる」

暁は車のサイドブレーキを外す。アクセルを踏みこんだ。行先は監理団体ＧＳＦＡだ。

10

代表者の木村は自宅にいた。孫なのか、四、五歳ほどの幼児と遊んでいる。暁たちがアポイントなしで訪ねたせいか、慌てたようすで工場内にある事務所へと案内してきた。

「なにがあったんや。逃げた子が見つかったとか？」

事務所の鍵を開けながら、木村が暁たちに話しかける。

「まだ見つかっていません。ですが彼女が妊娠していたことがわかったんです」

「ええっ」

木村は口を開け、目を何度も瞬《しばたた》いてわかりやすく驚いている。

「そう……。だからカレシと逃げて。ああ、ああ、納得やわ。職場に不満はないはずやのになんでと思てたら、そういう」

本当にそう思っているのか、誰かに訊ねられればいつもそう言っているのか。暁は疑問を持ったが、まずは表に出さずにおく。

福田とふたり、事務所内へと通された。

「ところでこちらは、技能実習生が妊娠した場合の対応について、受け入れ企業側にどのような研修をなさっていますか」

暁は笑顔で訊ねた。

「……研修。まあ、そうならんよう指導してもろてますし、うちも実習生たちに念を押してますしねえ」

「ならないよう、ご指導を、ですか？」

暁は木村の顔をじっと見つめる。

「もちろんですわ。彼女らは仕事しに……技能を学びに来とるんやから、妊娠しちゃ本人やて困るやないですか」

「技能実習生も日本人の従業員も、同じですよ。妊娠する自由はあります」

「それはそうやけど、じゃあなにしに来とるんって話でしょ。たった三年のことで」

「では妊娠したら辞めさせるんですか？」

木村が目を泳がせ、棚のファイルを見つめた。正しい答えはなにか、探しているかのようだ。

「いかがですか？」

笑顔を作ったまま、暁は重ねて問う。

「あー、まあー、そうやねえ。本人が産むいうなら、辞めさせるというより辞めてもらういうか、帰国を勧めるかねえ。実習より子育てやし」

自信なげに、木村が言う。

暁は声の調子を変えた。

「不正解です。労働者が妊娠したことを理由とする解雇は認められない。今、木村さんがおっしゃったことは退職勧奨になります。技能実習生に対しても同じです。先日、ご自身で言ってらしたじゃありませんか。日本人労働者と同じく労働基準法やそのほかが適用されると。つまり産休を取ってもらう形になります」

「産休ってそんな……」

「まさかご存じなかったんですか？　技能実習生向けのリーフレットもありますよ。当然、監理団体、実習実施者に対してもあります。真っ先に『妊娠を理由に技能実習を一方的に終了することはできません』と書かれています。わたしはそれほど詳しくありませんが、ちょっと検索すればすぐ出ましたよ」

暁は、検索結果を液晶画面に表示させた自分のスマホを掲げてみせた。

ぺちっと、木村が自分の禿頭を叩く。

「そうやったかも。ああ、そうか、そうなっとったねえ、今どきは。ほら私、古い人間やから、女の子は子供を産んだら家庭に入るんが一番て時代で生きてきとるしねえ。けど最近は、子供は保育園で見てもろて母親も働く時代だ。やあ、つい間違えてしもて」

つっこみどころが山ほどあると感じたが、刺すべきところだけ刺すことにした。

「どうやら受け入れ先の会社に、研修も指導もなさっていないようですね」

「いや、そのリーフレットかパンフレットかは、そこらあたりに」

木村はまた、視線を棚のあちこちにやっている。

「監理団体としてよろしくありませんね。でも我々は今、今西龍宏さんが殺害された件について調べておりますので、この件は労働基準監督署にでも通報してあとをお任せしましょうか。いえ、外国人技能実習機構がいいんでしょうか」

暁は冷たい目を向けた。得意な表情のひとつだ。

「い、いやっ、改めて受け入れ先の会社に、全部に、伝えるんで。辞めさせない帰国させない産休を取ってもらう、そやったよね」

「本人が望めば、が前提ですよ。妊娠に気づいたら、まずは相談してもらう。中絶の強要もしない」

「はいっ」

「で、IMANISHIの件ですが、こうなるとマイさんの失踪の理由が変わってきますよね。退職勧奨か中絶の強要があったのかもしれません」

「そ……そんなはずは。男を追って逃げたと聞いたんはたしかで」

「いつなにが起こって、それがどういう経緯だったか、正確なところを外国人技能実習機構にお届けいただかないといけませんよね。虚偽の報告や不正があった場合は、技能実習法において、監理団体も受け入れ企業も、許可の取り消しに発展しかねませんから」

木村の禿頭に、ぷつぷつとした汗が浮かんでくる。

「本当に、本当にうちは、男のせいとしか聞いとらん」

暁は笑顔になった。木村に顔を寄せる。

「我々が知りたいのは、正確なところ、です。当時なにがあったのかをＩＭＡＮＩＳＨＩ側には正直に話してもらいたいと考えています。木村さんからも今西春子さんに働きかけていただけますね。殺人事件の捜査に必要なのでと」

暁が次々と繰り出す脅しに、福田は口をはさむことなく呆《ほう》けた目を向けていた。

再び工場に現れた暁と福田に、春子は怒りの表情を顔に貼りつけて睨んでくる。今度こそ事務室へと誘《いざな》われた。

事務室は社長室も兼ねているのか、ひとつだけぽつんと離れて置かれた大きな木製の机があった。ほかには、向かい合わせのふたつの事務机、壁に書類棚、空いたスペースに打ち合わせ用のテーブルと椅子があるだけという、かなり簡素な作りだ。

「虚偽の報告なんてしてませんよ。マイが男を追って逃げたのはたしかです。彼女のためもあって、不名誉なことは伏せておいただけです」

打ち合わせ用の席に座るや否や、春子が言った。木村からの連絡は無事に入っていたようだ。

「妊娠は不名誉ですか？」

暁が訊ねる。福田も険しい目を向けている。

「未婚ですよ」

春子は吐き捨てるように言った。

「マイさんの妊娠は、どういう経緯でお知りになったんですか」

「本人から相談されたんですよ。妊娠しているようだけど、どうすればいいかとね。産むつもりかと訊ねたら、仕事をしてお金を稼がなくてはいけないから難しいと。それが四月の中旬か下旬です。懇意の病院に訊いたら父親にあたる男の同意書が必要だと言われ、恋人のところに取りに行ってもらいました。手に入れて戻ってきたはいいけれど、ゴールデンウィークがはさまってたせいで時期を逃して、中絶はもうできないと病院から言われてしまって。それで恋人のところに逃げたんですよ」

春子の話は、説明としては成り立っていた。暁は細かいところを追求していく。

「ギアという恋人のところに行くと、マイさん本人が言ったんですか？」

春子が遠いところを見る。

「どうだったかしら。でもほかに行くところはないだろうし……ああそうそう、工場の手提げ金庫が彼女のロッカーに隠してあったから叱ったんですよ。なぜ盗んだのか理由を訊いたら、彼にお金を渡さないと住まわせてもらえないと答えてきて。警察に行くと言ったら泣いて詫《わ》びて、でもその日のうちにいなくなってしまったんです」

「手提げ金庫はどこにあったんですか？」

「ここです。その事務机の引き出しですよ」

入り口の反対側の机に向けて、春子は指をさす。

「引き出しの鍵はかけてなかったんですか？」

「そのときは開いていたんだと思います。不用心と言われればそれまでですけど」

春子が残念そうな表情を見せる。

「実習生の方にはどんなお仕事をさせているんですか?」

暁は、春子を見据えて笑顔で訊ねる。

「え? 縫製ですよ。見てのとおり。あなたご覧になってましたよね」

「事務の仕事をさせてはいませんか」

「なにを言ってるんですか。決められた仕事以外のことをさせるわけにはいきません。できるほどの語学力もありませんよ」

「縫製の仕事しかしていない実習生に、事務机に金庫が入っているとわかるでしょうか。ほかの実習生にも確認しましたが、置き場所を知らないと言っていました」

暁の指摘に、春子は目を見開いた。が、すぐに首を横に振る。

「た、棚や机を、片っ端から開けていったんじゃないですか。マイのロッカーに入っていたのはたしかなんだから、どうやって見つけたかはマイに訊いてください」

「なるほど。そうしましょう。ところで中絶ができなくなる二十二週といえば、六ヵ月にあたりますね。相談されたのはそれより以前とのことですが、それまで誰も気づかなかったんですか?」

「生理不順だったそうですよ。恋人に置いていかれて、精神的にも不安定で、そのせいで遅れていると思ってたんじゃありません? 本人も、おなかが膨らんできて気づいたんでしょ」

「その恋人がここにやってきてガラスを割り、龍宏さんを殴ったそうですね」

「たまたまね。乱暴を止めたせいで殴られたんです」

「龍宏さんがマイさんに言い寄っていたせいだという話も聞きますが」

「あの子が優しいから誤解されたのよ」

「十二月半ばあたり、龍宏さんとマイさんのようすでなにか変わったことはありませんでしたか？」

春子の眉がぴくりと動いた。けれど口元はゆっくりとほほえむ。

「なにも」

「五月はじめに妊娠二十二週目ということは、懐妊はそのころになりますね」

「……あなた、なにが言いたいの」

「今、ご自身で想像なさっていることです」

暁の言葉に、春子が椅子を揺らして立ちあがった。顔が赤く染まり、額に血管が浮かびあがっていく。

「息子を侮辱するつもりですか？　ありもしない話をでっちあげてる暇があったら、は、早く、あの子を殺した犯人を捕まえてくださいよ！」

暁は座ったまま、春子の目を凝視した。春子が上から睨んでくる。

「捕まえるために必要だから伺っているんです。殺された龍宏さんの周りでなにが起こっていたのか、すべてを把握するために」

しばらくそのまま睨みあう。先に目を逸らしたのは春子のほうだった。

「私は知りません。……彼女が言いがかりをつけてきたのよ。龍宏の子かもしれないと。でもさっきも言ったように、産むつもりはないというので病院に」

「龍宏さんはレイプを認めたんですか」

「レイプ？　とんでもない。彼女が金を欲しがったんですよ。ベトナムにいる家族に怪我人だか病人だかが出たとかで。そういうのはね、売春と言うんですよ。なのに今度は子供？　最初は嘘だと思いましたよ。だから病院に、それで同意書を求められて……ああ、その話はもう言いましたね」

「それが四月の中旬か下旬なら、龍宏さんが同意書にサインをすれば堕胎手術ができたんじゃないですか？」

「冗談じゃない！　そんなことをしたら名前が残るじゃないですか」

それだけのために？

つい口から出そうになった言葉を、暁は呑《の》みこむ。

「結果、子供を産むことになるのだから残ってしまいますよ。父親の遺伝子が」

「まさかそんなにギリギリだとは思わなかったんですよ。でも、本当は恋人の子なんでしょ。その男のところに逃げてったんだから」


「追いだしたんですよ、絶対。手提げ金庫も、言いがかりをつけるために仕込んだんじゃないですか？　警察に連れていくぞ逮捕されるぞと脅して、マイが逃げるように仕向けたんだ」

助手席の福田が憤慨していた。暁も同じ意見だが、証拠はない。

「想像だけではなんとも言えないよ。マイは金を受け取った。それがレイプの口止め料なのか同意性交の対価なのか、当人たちでないとわからない」

「なんていうか……、マル害に腹が立ちます。それは殺される理由にもなりますよ」

「だからといって、殺されていい人間はいない」

暁は毅然《きぜん》として言った。

「……すみません」

福田がうなずいた。興奮を収めるためか、ため息をついている。

「確実にわかったのは、マイが妊娠しているということだよ。事件当夜は臨月あたりで、傘の女にはなれない。だからギアとマイの犯行という筋は難しい」

「あー、悔しい。悔しいですよ、ここまでやって空振りなんて」

さらに深く、福田はため息を漏らす。

「仕方がないよ。また次を当たるしかないって」

「それはそうだけど」

目の前のグローブボックスに頭をつけかねないようすで、福田がわかりやすく落ち込んでいた。

暁は福田に目をやった。

「先輩面をしてあげようか。捜査はこういうことの繰り返しで進む。可能性を探しては潰す死屍《しし》累々だよ。最初からコレしかないって方向に動くのはよくないからね」

福田に話しながら、暁は自分自身にも言い聞かせる。島崎におだてられた「引き」だが、今回は残念ながらなかったのだ。また次だ。次を当たろう。

「……はい。それにしても今西親子は、子供を産んだマイが親子鑑定を求めてきたらどうするつもりだったんでしょう」

「関係ないを貫くんじゃない？　たとえ容姿が似ていても、ＤＮＡ型の採取に応じなければいいだろうと」

「逃げ切りかー。同じ男として許せないですよ。そういうのがいるから無辜《むこ》な僕らまで白い目を向けられるんです」

福田が無辜かどうかは知らないが。

さーて、とばかりに暁は伸びをする。背骨が鳴った。

「島崎係長に報告して、外国人技能実習機構にチクろっか」

「えっ？　チクるって？」

「監理団体ＧＳＦＡが出したＩＭＡＮＩＳＨＩの技能実習実施困難時届出書の内容に、疑わしいところがあると」

おおげさなほど勢いこんで、福田は隣に座る暁へと寄ってきた。

「黙ってるんじゃなかったんですか？」

「誰が黙ってるなんて言った？」

「だって、木村に、殺人事件の捜査だからって言って」

「うちがしている捜査は技能実習法の絡みじゃないという話をしただけじゃない。知った以上は関係先に伝えないとね」

福田が呆れはてたような目で見てくる。

「嵐山さんって、性格……、悪いですね。あれだけ脅しておいて」

「悔しいじゃない、空振りのままじゃ。それに、二度と同じことが起こらないようにしたい」

11

翌日の捜査会議は沈んでいた。

松本がマークしていた半グレ、戸井田朝陽と梅沢勇にアリバイが成立することがわかったのだ。

昨夜、彼らを尾行していた松本とその相棒が、ビルの一室に入っていく彼らを追おうとしたところ、生活安全部保安課の捜査員が現れて、止められたという。違法カジノの賭場だそうだ。二週間ほど張っているその捜査員によると、戸井田と梅沢が八月二十五日の夜十時すぎから翌日の深夜二時ごろまで店にいたことは確認済みで、まだ泳がせている段階だという。

「当夜、栄のどこにいたか、戸井田と梅沢がはっきり言わなかったのはこのためでした」

松本が悔しそうな表情で報告する。

「カジノのことを本人たちに直接訊ねてはいないんだな？」

司会を務める島崎が問う。

「はい。まだ店の摘発には至っておらず、くれぐれもふたりに接触しないようにと釘《くぎ》を刺されました」

「わかった。山城課長からも生安《せいあん》に確認しておいてもらう。アリバイがある以上は、容疑者から外すことになるだろう」

「……残念です」

口をへの字に曲げながら、松本が重々しく着席した。

「マル害の財布の行方は、その後どうだ？　質店やリサイクルショップ、ネットオークションなど、まだ報告が上がっていないが」

島崎がナシ割りの担当者に訊ねている。見つかっていないと申し訳なさそうな声が返るだけだ。

磯部管理官が、暁を指名した。

「ベトナム人女性のファム・サイン・マイは傘の女になり得ないとのことでしたが、ブイ・ヴァン・ギアがほかの女性を使ってマル害をおびき寄せた可能性はあると思いますか？」

昨日の件の報告書を読んでの質問だろう。

「マル害にはマイに対する不同意性交の疑惑があり、動機はあります。ただ、ほかの女性を使ってひとけのない場所に誘いだすかどうかは、疑問です。その女性を使うにあたって金を介在させたのなら、それを用意できるかどうか。また愛情が介在しているのなら、マイは過去の女性となり殺人というリスクを冒すかどうか。この二点から、可能性を消し去ることはできないまでも、かなり薄いと考えます」

磯部がうなずいた。

「たしかにそうですね。さてその傘の女ですが、ほかの防犯カメラからもいまだ見つかっていないとのこと。担当者、どなたでしたか？　探し方が甘いのではないですか」

チェックを任されていた中署の捜査員が頭を下げる。

「すみません。雨のせいもあってどうにも……」

「時間と場所を広げて再度チェックをお願いします。強盗の筋も消えたわけではないですよ。ボディバッグが残っているといっても、手っ取り早く財布だけ奪った可能性もあります。必要以上に殴っているといっても、興奮して止まらなかった可能性もあります。傘の女だけでなく、不審な行動を取っているものに注意をしてください。そしてマル害本人や会社、関係者、さらなる洗い直しをしてください。わかっていますかみなさん、この一週間、成果ゼロですよ、ゼロ。ゼロというのは、なにもやっていないのと同じですからね」

いつも丁寧な口調の磯部だが、だんだんと選ぶ言葉がきつくなってきていた。このまま二週間、三週間と動きがないと、いずれ罵倒がはじまる。そのまえになんとかしろと、島崎が隣の席から目で訴えかけていた。

「そうだ嵐山、ほかの技能実習生のなかに、マル害の性被害に遭ったものはいないのか」

矛先を変えたいのか、島崎が早口で訊ねてくる。

「昨日、全員と、ひとりずつ話をしています。あれば話が出るはずなので、ないと思われます」

暁の返事に、島崎が「うーん」と唸《うな》っていた。

その後、暁と福田は島崎の指示でＩＭＡＮＩＳＨＩの経営状況や、取引先との関係を調べ直した。だが大きな収穫はなかった。

ＩＭＡＮＩＳＨＩの本体は長らく赤字状態だが、今西家が以前から持っていた土地にマンションを建てており、その家賃収入が補填されることによって経営が成り立っていた。マンションの住人とのトラブルもない。取引先との関係も良好を保っている。ただ、唯一無二の技術を持っている工場というわけでもないので、跡継ぎのいなくなったＩＭＡＮＩＳＨＩから同等の技術を有する工場への乗り換えを考える取引先は、今後出てくるだろう。

「ライバル会社が仕事を奪うために殺した、ってのはさすがにないですよね」

福田が苦笑まじりにつぶやいていた。

翌日朝の捜査会議の席で、松本が一転して明るい表情になっていた。

「田神輝樹に、マル害を殺す動機がありました。工作もしています」

松本は張りのある声で堂々と主張した。こういうときの松本は、実にわかりやすい。事件関係者の前では無表情を保っているが、仲間内では喜怒哀楽が見えやすいのだ。

「本人はアリバイを主張していたはずだが」

司会の島崎から疑義が飛んだ。

「家族の証言にすぎません。第三者による最後の目撃情報は二十一時四十一分、近藤と伊佐治と一緒にコンビニに寄ったのが最後です。運転者の伊佐治が田神の家で彼を降ろしたのがその五分ほどあと、田神自身の車で改めて栄に戻ることは可能です。もちろん飲酒運転になりますが。ただ居酒屋鳥菱での注文データによると、一時間半ほどの間にビールとハイボールを合計十杯出していますが、主にマル害と近藤が飲んでいたとのことです。田神のコップはほとんど下げなかったと」

「なるほど、運転のできる状態ということだな」

島崎が合いの手を入れる。

「はい。それよりも問題なのは、その鳥菱で田神が父親から受けた電話です。翌朝早くからの仕事が入ったという連絡が入り、マル害以外の三人が先に帰った。そういうことになっていましたが、その仕事は嘘でした」

「嘘とはどういうことですか?」

応援の捜査員の席から声がした。今日は管理官も一課長もいないため、どこかラフな空気だ。

「方便と言ったほうが正確でしょうか。まず誰かから父親にヘルプの電話をかけてもらい、次に父親から田神に仕事があると連絡を入れさせるのです。田神は、そういう手を使って飲み会から逃げることがあったようです。今回は伊佐治から電話を入れさせたもようで、店員が電話をかけている伊佐治を見ていました」

「どうしてそんなややこしいことを」

呆れた表情の島崎が問う。

「マル害につきあわされるのがめんどうだから、です。田神はマル害に頭が上がらないため断れない。けれどマル害はトラブルを起こしがちなので毎回はつきあいたくない気持ちがあったようです。そしてマル害にバレないよう、翌日は、早い時間から機材運びや点検など、特に急ぐわけでもない仕事で作業現場に出向いていたとのことです。その工作につきあわされるほかの従業員にとっては迷惑ですが、おかげで証言が取れました」

「そのやり方を使って、事件当夜も帰ったということか?」

「はい。鳥菱の店員によると、彼は明らかに帰りたがっていたようです」

「用でもあったのか?」

と訊ねられた松本が苦笑した。

「いえ。鳥菱というのは肉料理の店で、鶏、豚、牛を出しますが、一番のウリは鳥刺しや鳥のタタキです。生食用に解体処理された鶏を使い、熱湯で霜降りにしたりバーナーでタタキにします。特に、客の目の前でバーナーで炙《あぶ》るのを名物にしていて、けっこう盛り上がるそうです。店のサイトにも動画が載っていました。ところがそのようすを見たマル害が、ほかの肉も生で食べたいと言いだしたそうです。牛レバーも出せと」

「ダメだろそれは。下手すると死ぬぞ」

誰かの声がした。おぞましそうに震えた声だ。

二〇一二年から牛レバーは生食禁止になっている。O157大腸菌による重篤な食中毒の原因になったせいだ。鶏肉に関する国の規制はないが、生食や生焼けにはカンピロバクター感染症の危険がある。新鮮かどうかは問題ではない。この菌は嘴《くちばし》から肛門の消化管、内臓などに潜んでいるのだ。それが食肉として処理する際に、鶏肉の表面に付着する。そのため鳥刺し文化のある地域では、生食用は内臓を傷つけずに捌《さば》くなど、衛生に配慮したうえで提供する。鹿児島や宮崎が有名だが、愛知でも食べられている。

「はい。もちろん店員は断ったんですが、マル害は酔っていたこともあり、なかなか納得してくれなかったとのことです。新鮮な肉を出していないのかとか、常連用に生ユッケがあるはずだとか、ひともめしたそうです。マル害は、おまえたちも食うだろうと、同席の三人を煽っていたとのことです」

「マル害が迷惑な人間だということはよくわかった。だが迷惑というだけでは動機として弱いのではないか」

島崎が問いただす。松本は「いえ」と首を横に振る。

「強力な動機があります。田神がマル害から子分のように扱われているのは、高校時代に起こした万引きとわいせつ行為のせいです。万引きは田神の失敗が元で捕まった、わいせつ行為も田神が誘った女子生徒が騒いだため学校で問題になった。真相はともかく、当時の不良仲間はそういう認識を持っています。それはマル害がそう主張したからです。田神はずっと『おまえのせいで』と言われ続け、マル害に頭が上がらなかった。けれど高校卒業後は悪い仲間もバラバラになりました。田神も親の会社に入り、それなりにまじめに働いてきたようです」

「なるほど。落ち着いた、ってやつだな。地方のヤンキーが辿る道だ」

島崎が納得の声を出す。

「はい。ところが一年前、マル害が地元に帰り、誘いをかけてきた。田神は距離を置こうとしたけれど、かつての悪行を吹聴すると脅されて結局つきあわざるを得なくなったんです。しかもその後、田神は三年つきあった恋人と別れています。その元恋人は、マル害から田神の過去を知らされたうえに性加害をされかけた、なのに田神は自分を守ってくれなかった、それが別れた理由だと証言しました。ただ田神は納得しておらず、たびたびＬＩＮＥが来ているとのことです。マル害と手を切るつもりだ、少し待ってくれ、そういう内容です。そしてこの八月に決定的なことがありました」

松本が、もったいをつけるように言葉を止めた。壇上の島崎をはじめ、捜査員たちの視線が集まっている。松本は嬉しそうにあたりを見回し、小さくうなずいた。

「マル害が殺害された約二週間前に花火大会があり、田神と元恋人はその会場で偶然出会ったそうです。元恋人は偶然という部分に疑問を持っているようですが。その際、また交際を求められたとのことです。元恋人が田神をあしらっていたところ、マル害が背後から現れて卑猥《ひわい》な言葉をかけてきたため、逃げました。帰宅後に田神から電話があり、『今度こそ本当に手を切る、あいつを殺してでも決別する、だからやりなおそう』と言われたとのことです。そのときは本気ではないと思ったそうですが、実際にマル害が死んだ今では、もしかしたらと考えている、そう言っていました」

松本は満足そうに発言を終えた。対して島崎は、渋い表情で疑問を投げる。

「田神は手を切ると言いながらも、ずるずるとマル害とつきあい続けているんだよな。元恋人とよりを戻したくて、強いセリフを言っただけではないのか。口だけ立派で流されがちな人間には、よくあるんじゃないか」

暁も、田神はそういう性格なのだろうと思う。強いものに逆らうのが下手で、押し切られてしまうタイプだ。一方の龍宏は、自分に都合のいい論理をひねりだして、他人の意見を封じこめるタイプだ。

ただ、押し切られるタイプの人間が、ずっと押し切られたままとは限らない。いじめられていた人間が突然キレるように、強い衝動で反発することはじゅうぶんあり得る。

暁は挙手した。島崎が指す。

「その元恋人に関して質問があります。明らかに田神に対して不利な証言をしていますが、田神以外の関係者と利害関係はありますか？　また、田神に対して恨みを持っているということは」

「なんだよ、嵐山。信憑《しんぴょう》性がないと言いたいのか？」

松本が不愉快そうな表情を送ってくる。

「そういうわけではありません。元恋人はずいぶん辛辣だなと思っただけです」

「利害関係は見つかっていない。田神とのやりとりを記したＬＩＮＥのコピーはもらった。田神はしつこく言い寄り、元恋人はなんとかいなしている、そんな内容だ。彼女は言っている。今は田神に対して恨みも恋愛感情もない、うっとうしいだけ、ただ自分のために殺人を犯したのならぞっと

する。となー

身も蓋もないフラれ方だと、苦笑とため息が広がっていった。田神が犯人だとしたら、あまりにもやりきれない。

「その元恋人だが、事件当夜はどこにいたか確認したか？　例の傘の女という可能性はないのか？」

緩んだ空気を引き締めるように、島崎が訊ねた。

「女友達と岐阜市内のシネコンで映画を観《み》たあと深夜営業のカフェで話をして、帰宅したのは午前一時ごろとのことです。カフェで支払った電子マネーの決済時間を確認しました。時間からみて傘の女ではありません」

「わかった。では松本主導で、田神の筋で当たってくれ。車と本人の目撃情報にNシステム。当人は、翌朝はリフォーム作業の現場にいたと言っているので、それが正しいかどうかもだ。矛盾があったらそこから突こう。それから傘の女に該当しそうな女性の存在を洗いだせ。嵐山と福田、ＩＭＡＮＩＳＨＩの関係者からはなにも出なかったんだよな。松本を手伝え」

わかりました、と暁は福田とともに一礼する。

12

タガミ建設に女性の職人はおらず、田神の母親と五歳上の姉、つまり社長の妻と娘が事務を担っているだけだった。小中高と学校の同級生も当たったが、龍宏と親しいという噂が広まっていた田神は周囲から距離を置かれていて、つながりのある女性はいなかった。かつて龍宏の部屋に出入りしていた女性のなかで地元に残っているものが二名いたが、どちらも今のつきあいはないと答え、アリバイが確認された。

　リフォーム作業の現場家屋の持ち主からは、前夜の大雨の点検だと言って朝八時からやってきたという証言が取れた。こちらを調べたのは松本とその相棒で、電話で知らせてきた。暁たちのほうからは成果がなかったという報告しかできなかったが、松本はもう一件、情報を見つけていた。

「過去に田神と恋人関係にあった女性は三人だ。ひとりは俺が報告した証言者、ファミレス勤務で、田神は常連客から昇格してつきあいだした形だ。残りふたりも飲食店勤務で、これも通い詰めて口説いたようだ。同じパターンだな。で、ひとりが岐阜の西柳ヶ瀬に、ひとりが名駅《めいえき》三丁目にいる。アタリが来るならどっちだと思う？」

　スピーカーフォンにした電話の向こうから、松本が質問してくる。今日は運転席にいる福田が、すかさず答えた。

「そりゃあ名駅三丁目ですよ。名古屋駅の東側だから、現場まで三キロほどじゃないですか？」

「だよな。じゃあおまえたちは西柳ヶ瀬のほうで」

　驚いて「えー」と叫ぶ福田に、松本は軽やかな笑い声を返してきた。

「俺たちが取ってきた情報だから当然だろ。いいじゃないか、おまえたちがいる場所からも近いぞ。情報を送る」

　電話が切れた。すぐに店のデータと写真が送られてきた。店内での写真だろう、数人が写るなかでひとりの女性に丸がつけられている。見栄えのする容姿だ。

「最初から西柳ヶ瀬に行けって言えばいいのに。どっちがいいか答えさせておいて、ずいぶんじゃないですか」

福田がむくれながらエンジンをかけていた。

「アタリはどちらも来ないかもしれないよ。別れた男の犯罪に協力する女性は少ないって」

暁はなぐさめた。松本は、素直な福田はからかい甲斐《がい》があると思ったのだろう。

「たしかにそうですが、なにをするかは言わずに、呼んできてくれと頼んだだけかもしれません。そのぐらいいなら手伝うかもしれませんよ」

「そうだね。どちらにせよ可能性が一ミリでもあれば当たる。そして潰して次に行く」

「はい。死屍累々の先に求めるものがある、ですね」

福田がうなずいて、車を発進させた。

「僕、思うんですが、傘の女は本件とは無関係ということはないですか？　たしかに最初は、千鳥足の男性に声をかける女性はいないだろうという話になってましたが、なにか理由があったかもしれません」

「たとえば？」

「客引き」

「それは可能性のひとつとして地取り班がローラーで当たってるでしょ。ただしまだ見つかっていない」

「じゃあ、落とし物をしていたので渡してあげたというのはどうでしょう」

「そんなそぶりは見えなかったけどねえ。福田の言うように、傘の女がマル害をひとけのない場所に誘ったと断定することはできない。だけど殺される直前に会った人物には違いない。なにかを見ているかもしれない。――で、可能性がある以上は？」

「当たる。潰す」

「正解。よくできました」

そんな話をしているうちに、指示された店の近くまでやってきた。空いていたコインパーキングに駐車する。

写真を見せて店主に話を訊くも、数ヵ月前に辞めて名古屋の店に移ったとのことだった。新しく勤めた店はコンセプトカフェだという。田神が、女性が店を移ったことを知っているかどうかも訊ねたが、しばらく来ていないので怪しいものだという。

「でも今勤めている店は錦三丁目だそうです。うちのほうがアタリだったんじゃないですか。島崎係長がおっしゃるとおり、嵐山さんには引きがあるんですね」

うきうきしながら福田が車に戻っていく。単純だなあと、暁は笑った。

「あまり期待しないようにね。田神との縁は切れているかもしれないんだから」

了解ですと言いながらも、福田はスピードを上げていく。犯人を追っているわけじゃないとたしなめた。スピード違反で捕まるわけにはいかない。

飲食店ビルにあるその店は、和をテーマにしたコンセプトカフェと称していたが、みるからにキャバクラだった。赤い桟の障子に金屏風《びょうぶ》やぼんぼりなど、遊郭風のインテリアでまとめられている。季節柄か浴衣姿が多かったが、花魁《おいらん》のコスプレなのか胸元をはだけて帯を身体の前で結んだ女性、ミニ丈の着物に網タイツを穿いた忍者もどきの女性などがいる。

「田神？　全然会ってませんよ。八月二十五日の夜になにをしてたか？　推しのライブで大阪に遠征です」

忍者のひとりだった該当の女性にはあっさりとふられた。遠征の証拠を求めると、ライブ会場の外にある垂れ幕と一緒に自撮りをした写真を見せてくる。

「松本主任が当たった女性はどうだったんでしょうね」

ビルの外に出た福田が、残念そうにため息をつく。期待を膨らませていただけに落ち込む気持ちも大きいのだろう。なにか言って励まそうかと、暁は彼を見上げる。と目を向けた先、福田の背後にあるビルの壁につけられた照明看板に目を惹《ひ》かれた。この界隈は飲食店ばかり入るビルが多く、そこも店の名前を載せた看板が縦に並べられていた。

「すきにいＳＨＩＰってここにあったんだ」

暁は思わずつぶやく。

「マイが六月十一日まで働いていた店ですか？」

福田が気のないようすで訊ねてきた。

「そう。報告だけ聞いて自分の目でたしかめてなかったよね。行ってみよう」

「マイとギアの筋はもうないということでは」

「目の前にあるんだ。行かない理由にはならない」

暁が先に立って、隣のビルに入っていく。

癒し系キャバクラと銘打たれるだけあり、内装はさきほどの店より落ち着いていた。暖色の照明のなか、流れている音楽のテンポもスローだ。警察手帳を見せて案内を乞うと、正統派の和装をした女性が店のママだと名乗ってやってきた。

「先日、別の方にお話ししたばかりですけれど、ほかになにか……」

「そのファム・サイン・マイさん、彼女の店でのようすを知りたいんです。教えてください」

暁は頼みこむ。

「ようすと言われてもねえ。マイちゃんは一ヵ月いたかいなかったかだし、おとなしくて、お客さんからなにを言われても、はい、はい、すみません、って素直に答えてたことしか印象がないわねえ」

「素直な印象でしたか」

ＩＭＡＮＩＳＨＩでも、人によって感じ方に差異はあるが、まじめという印象を持つものが多かった。

「そう。うちは穏やかなお客さんが多いんだけど、そんななかにもいろんなタイプがいるの。自慢をしたい人、愚痴をこぼしたい人、どちらも最後は、あなたはすごい、あなたは悪くない、っていい気分になって帰ってもらうの。男の人って、持ちあげてほしいものだからね。……わかるわよねえ」

ママが、含みのある表情で目配せを送ってくる。持ちあげられて悪い気がしないのは男性も女性も同じだろうと思いながらも、暁は共犯者を演じるようにうなずいた。

「マイちゃんはね、説教をしたがる人に好かれていたの」

「説教、ですか？」

「ええ。もともと黙って話を聞いている子だったんだけど、だんだんおなかも目立ってきて、そうすると相手も言いたくなるのよ。身体を冷やすななんて心配系に、孕《はら》ませた男に貢いでるのかといった決めつけ系、こんなところで働いちゃダメだという押しつけ系。そういえば、健診に行ってるのかとかこのおなかの大きさからみて七ヵ月だとか、講釈垂れてた男もいたわねえ。産んでもいないくせに連れの何人かで盛りあがっちゃってさー。言葉のイントネーションがこのへんと違ってたから、出張のお客さんかしら。どちらにせよ彼ら、いわゆる上から目線なのよ。おべんちゃらで持ちあげなくても、自分の説に酔って勝手にいい気分になってくれるわけ。マイちゃん、そういうしぐさが身についていたのかしら。固定客はまだつかなかったけど、素直で素朴なようすが地味に人気だったわね」

「なにかトラブルがあって、いなくなったんでしょうか。突然辞めたというお話でしたが」

「……思いあたらないのよねえ。仕事が辛いとも言ってなかったし」

上から目線のクソ男の説教を聞かされて、辛くないわけがない。と暁は思ったが、右の耳から左の耳に聞きながせる人もいる。ＩＭＡＮＩＳＨＩで聞いたマイのようすからも、そんな忍耐力を感じた。

「そうですか。それで、マイさん本人は、自分は日本人だと言っていたんですよね」

「そのことは……ごめんなさい。あまりスタッフの背景を追及しない主義なの。ほかの子もね。知られたくないことがある子が多いのよ、この業界は」

「ではわたしも、今回はそちらの追及なしにしておきます」

暁はウインクをした。あら、とママが肩をすくめて笑う。

「マイさんは、なんて名乗っていたんですか」

「梶田まい。漢字もじょうずに書けてたわよ」

梶田はＩＭＡＮＩＳＨＩの従業員の苗字だ。タオも言っていたが、現在のベトナムでは漢字を公式の表記文字として使っていない。だがかつてあった中国王朝の統治時代に伝わっている。漢字由来の言葉も多いだろう。マイはタオよりも日本語がうまいそうだし、二年の間に覚えることはできる。だから国籍もごまかせたわけだ。

リーダー格の梶田は、実習生に世話を焼いていたという。自分なりによくしてあげていた、マイからも頼りにされていたと言っていたのは、嘘ではないのかもしれない。

「マイさんには恋人がいたのですが、ご存じでしたか？　恋人の年齢は二十五歳です。それらしき方がいらしたことはありますか？」

「いいえ。うちのお客さまは年齢層が高いの。来たら覚えてると思うわ。でも電話はかけていたみたいよ、公衆電話で」

「スマホは持っていなかったんですか？」

マイは持っていたスマホを五月中旬に売却している。ここに来る前だろう。新たなものは手に入れなかったのか。

「お給料が入ったらって言ってたみたい。一度は支払ってるんだけど、それには充てなかったのかしら。うち、従業員寮代わりに、近くのマンションの部屋に何人か一緒に住まわせてるの。公衆電話の使い方を教えた子がいたと思うわ」

「今、その方はいらっしゃいますか」

そう訊ねると、ママはその場を離れて奥のソファに向かった。

「嵐山さん、ウインクが効いてますね。でも今回は追及しないっていうの、ＧＳＦＡみたいにあとですることってことでしょ」

福田が、にやつきながらささやいてくる。

「状況次第。敵に回さないほうがいい人は攻撃しないよ」

呆れた声で「計算高っ」と言われたとき、ママが三十代後半に見えるふくよかな女性と一緒に戻ってきた。その女性がにっこりと笑いかけてくる。

「小夏《こなつ》です。マイちゃんについて訊きたいって話ですよね。でもすぐいなくなっちゃったから、詳しくは知らないの。公衆電話の使い方は、たしかに私が教えましたよ」

「話の内容は聞こえましたか？」

暁は小夏に訊ねる。ママはそのまま隣に立っていた。

「耳には入ったけど、知らない言葉だったから内容はわからないの。そうそう、それでほかの国の出身の子だと気づいたわけ。でも詳しい話は訊ねなかった。言いたければ本人が言うでしょ」

「彼女が恋人について話していたことはありますか？」

「んー、会えなくてさみしい、ぐらいだったかなあ。遠くにいると言ってたし」

「遠く……ですか？　県外とか？」

「場所は聞いてないわ。だけど子供が生まれたら一緒に暮らすって話はしてた」

「そうですか。彼女は子供が生まれるのを楽しみにしていたんでしょうか」

堕胎を考えていたというのに？　産んだあとはどう生活していくつもりだったのだろう。

「最初は怖いって言ってたわよ。でもね、実は私、別れた男のところに子供がいるの。すんごくかわいいの。だからマイちゃんに写真や動画を見せたのよ。そのせいもあるのかな、マイちゃん、だんだん愛着が湧いてきたって笑ってた。細かい家族構成は聞いてないけど、弟や妹をかわいがってたって言ってたから、子供好きではあるみたいよ」

小夏が、どこか自慢そうに答える。

「ありがとうございます。なにかほかに覚えていることはありますか」

「そうねえ、うーん……」

「さすがは小夏ちゃん。面倒見がいいわ。いろいろ助けてあげてたのね」

ママが小夏の肩をぽんと叩く。

「あ、助けたで思いだした。助けてくれる人がどうこう、って言ってた」

「なあにそれ、知らない。聞いてないわよ」

ママが不思議そうにしている。

「私も今思いだしたんだもの。あと、なんだったかな、神様だっけ。……違う、そうだ、救世主。そんな言葉を口にしてた」

「助けてくれる人……、救世主……、ですか」

暁はおうむ返しにする。

「マイさんは、誰かに助けられてここから消えた、ということですか？」

横から口を出した福田に、小夏もママも首をひねっている。

「さあ。誰が助けてくれたのかしら。それとも心の支えみたいなイメージで言ってたのかしら。

……私も、いつかいい男が現れて苦界《くがい》から助けだしてくれないかなあ、なーんてよく思うけど」

小夏がしなを作って、福田を見上げた。

ママを呼ぶ男性の声がした。「では失礼」とママはそちらに向かっていく。

「じゃあ私もそろそろ。思いだしたら連絡するから、お名刺いただけるかしら」

小夏は暁ではなく、福田へと手を伸ばした。福田が愛想笑いを浮かべながら名刺を出している。

「すみません、もうひとつだけいいでしょうか。苦界とはずいぶん強い言葉ですが、こちらは接待を伴う飲食店、ですよね」

暁が訊ねると、小夏がぺろりと舌を出した。苦界とは仏教用語で人間界のことだが、もうひとつの意味として、遊女が置かれた境遇も指す。

「あら通じたのね。うふ、私、これでもインテリだったのよ。借金作ってアッチ系に沈められてね。今は全部返して苦界は脱出しているんだけど。ここも普通のお店よ」

小夏は声を潜めていた。暁たちに顔を近づけてきて、さらに声を落とす。

「たぶんマイちゃん、ヘルスのほうから回されたんだと思う。……なんていうか、働かせるために店の男が身体を確認したら妊娠してることに気づいた、みたいな。そういう子を好む特異なお客もいるだろうけど、プレイ中に流産とかあったらヤバいでしょ」

「それは、こちらの系列にそういったお店があるということですか？」

「うふふ、どうだろ。ただの想像だけどねー。マイちゃん、お金に困っていそうだったから、騙《だま》されて借金負っちゃったのかなあって思ってたの。今しゃべったこと、ママには内緒ね」

じゃあ、と追いだすように小夏が大きく手を振る。この店がその手の店とつながっているという言質は取らせない、これ以上は話をしない、そう言っているのだ。

暁は、福田を伴って店を出た。

「マイがこの店に来たのはほかのお店からの紹介、という話でしたよね。戸辺さんの報告では」

福田が訊ねてくる。

「うん、ママがそう説明したんだろうね。ソフトな表現をするとそうなるだろうし」

「ソフトな表現、まあそうですけど」

福田は苦笑している。

暁は考えこむ。……もしかしたら。

「どうかしたんですか、嵐山さん」

「どうして気づかなかったんだろう。もうひとつの可能性に」

「可能性？」

「子供はもっと早くに産んでいたのかもしれない。犯人がわからないままの嬰児《えいじ》死体遺棄事件があったはずだ」

13

暁が記憶していた嬰児の死体遺棄は、愛知県内で発生したものだ。調べたところ、マイが店からいなくなるまえに起きた事件だった。

だが、七月下旬に東京都青梅《おうめ》市で公園近くの土手に女の嬰児の死体が埋められていたという事件が、未解決だった。続報はない。島崎に相談のうえで、青梅警察署から詳しい資料を取り寄せた。

「七月二十六日昼、公園の清掃を任された業者の担当者が、土手で表面の草がはぎとられた箇所を見つけ、その下から女性ものの衣類に包まれた嬰児の死体を発見しました。司法解剖の結果、死後数日ほど経っているようすで、外傷はなく、死因は不明。新生児は身体の水分が多く腐敗も早いため、はっきりしないようです。元の推定体重も同様の理由で不明なものの、残った内臓のつくりから妊娠九ヵ月ほどで出産されたもよう。臍《へそ》の緒の始末がされていて紙製のおむつをつけており、肺が膨らんでいるので死産ではないようです。一日二日は生きていたのではと考えているとのことです」

暁は、翌日の捜査会議で全体への報告を行った。

「つまりその嬰児が、マイの妊娠月数と合致するということですか？」

磯部管理官が問うてくる。

「はい。埋められた日がわからないため、生まれた日も死亡日も暫定だそうですが、七月二十日から二十四日の間に出生と死亡があったとされています。うちの事件のときには産んで一ヵ月が経っていますので、元と同じ体型ではないにせよ、細くはなっているでしょう。傘の女がマイである可能性はあります」

暁は、福田の熱気ある視線を感じた。小さくうなずく。マイとギアによる犯行という筋読みが復活したのだ。

「マイの子供かどうかはどう判断するのですか？　遺留品は、子供を包んでいた衣類だけなんでしょう？　マイのＤＮＡ型も指紋も採れていませんよ」

ＩＭＡＮＩＳＨＩにもタオと住んでいたアパートにもマイの私物は残されていなかった。すきにいＳＨＩＰの従業員寮にもだ。

「今西龍宏のＤＮＡ型があります。許可をいただければ、それと照合してもらうよう青梅署に送りたいと思います」

「親子鑑定というわけですね。しかしギアの子供かもしれませんよ。その場合はなんの結果も出ませんね」

磯部が追い立ててくる。暁はうなずいた。

「資料によると、子供の髪が一部、切りとられていたとのことです。あとから親子鑑定を迫るためのものだったのではないでしょうか。生まれた子がマル害と似ていた、そこでマイはマル害に接触した。マイは金に困っていたとの情報もありますので、ギアとともに金銭の要求をしたのかもしれません。ところが話がこじれて殺害に至った。本職はそう見立てました。また、うちで必要なのはマル害が父親かどうかです。ギアの子なら殺害の動機が薄くなります。もちろん、ギアの子だったとしても偽って脅迫したのかもしれませんが。いずれにせよマル害の子の可能性がある以上は、調べるべきと考えます」

磯部が腕を組んだ。暁の話を考えこんでいるようだ。

「ちょっといいか。今の筋読みだがひとつ気になる。毛根のない髪ではＤＮＡ型は調べられない」

司会の島崎が口をはさんだ。

「マイにそこまでの知識があったかどうかです。単純に、髪であれば可能だと考えたのかもしれません」

「そうか、つい自分たちの感覚で考えてしまったな」

島崎が納得するように苦笑した。

「臍の緒が始末されていたことから、病院で産んだ可能性もあるとして近辺を順に当たっていたそうです。ですがつかめておらず、防犯カメラも同様に、被疑者らしき人物が見つからないままのようです」

「わかりました。ではマル害のデータを送りましょう。しかしなぜ青梅市なんでしょうね」

磯部は眉をひそめている。

「それはわかりません。ただ、マイはすきにいSHIPの同僚の女性に、ギアは遠くにいると話していました。その付近に潜伏していたのかもしれません」

暁は答える。

「よし。では次、松本。田神のほうはどうなっている」

島崎が松本を指名した。

はい、と勢いよく松本が立ちあがる。

「友人、元恋人などに、傘の女に該当しそうな女性はいませんでした。しかし田神が自宅にいたと主張する八月二十六日の午前零時半すぎに、友人がスマホ宛てに電話をかけています。その友人は、彼が電話に出なかったと証言しています。田神が栄近辺に戻ってきた可能性は高いと思われます」

「寝ていたのではないか？」

「田神は、最初の聴き取りでテレビドラマを見ていたと証言しました。ですが今は配信で見られる時代です。内容を知っていてもアリバイにはならない」

松本は田神にこだわっていた。

マル害の身近にいて動機があり、犯行が可能な人物のため、松本の意見を支持する捜査員も多い。田神の自宅周辺の防犯カメラや近隣の家のドライブレコーダーも順に当たっている。だがまだ成果は得られていない。大雨の影響がここにも及んでいた。

翌日、青梅署から連絡があった。今西龍宏のDNA型と遺体で発見された嬰児のDNA型を照合したところ、九九・八パーセントの確率で親子関係が認められるという結果が出たそうだ。

嬰児の父親は龍宏、母親はまずマイとみて間違いない。

またそこから、嬰児がおおむね妊娠何週で生まれたかがわかった。龍宏がマイと関係を持ったとされる十二月半ばを受精日と考えて、推定ではあるが妊娠二週。そこから数えて、七月二十日から二十五日の時期に生まれたなら、推定三十三週のあたりだ。肺の機能ができあがる、つまり生まれた子が自力で呼吸できるようになるのが妊娠三十四週とのことなので、個人差はあるもののそのギリギリだ。いったん呼吸はしたものの、止まってしまったのかもしれない。

青梅署からは、刑事組織犯罪対策課に属する担当捜査員が、龍宏の行動確認のために中署の捜査本部にやってくることも合わせて連絡があった。嬰児を遺棄した犯人が龍宏だった可能性もあるからだ。

八巻《やまき》周《しゅう》というその捜査員は、五十五歳で階級は巡査部長と、ずっと現場に居続けたと思われる雰囲気を持っていた。日焼けして皺の多い顔に、黒が少し残った白髪頭、体型はひょろりとスリムだ。
「嬰児を包んでいた衣類は大量生産品で、購入の履歴が追えませんでした。生地の織が粗いので指紋は不検出。嬰児以外の体液や分泌物も不検出。警視庁捜査一課の人間が来て捜査本部が作られていたんですが、手掛かりがないまま当署において継続捜査となったばかりです。まさかこんなところから嬰児の身元が判明するとは思いませんでしたよ」

中署の会議室に誘われてきた八巻が、頭を下げる。

「こちらこそ、ご協力をいただき感謝いたします」

磯部と島崎、そして暁たちが出迎えた。磯部は挨拶だけで席を外し、その後を同行することになる暁と福田は同席したままだ。

「失礼ですが、目撃情報はなかったのでしょうか」

島崎が訊ねた。

「はい。現場は梅《うめ》の公園といって、最寄り駅は青梅線の日向和田《ひなたわだ》でそこから徒歩十五分。または青梅駅からバスになります。そのため日向和田駅、青梅駅、バス、タクシー、住民などへの聞き込みや防犯カメラのチェックを中心に行いました。しかし足取りはつかめませんでした。平たい土地に木を植えた梅林《ばいりん》公園ではなく、住宅地の奥の小山が公園になっている場所です。自家用車で来た可能性も高いと見込んでいます。もちろん付近の病院や不審者などの情報も調べました。だがこちらも出ない。あの場所を知っていた人物が遠くから棄《す》てにきたのではないか、場所を探して車を走らせていた人物がたまたま行き当たったのではないか、さまざまなケースを考えていました。そちらの情報によると、今西という男は十年以上東京で暮らしていたとのこと、土地勘があったのかもしれません。ただ、だからといってわざわざ愛知や岐阜からやってくるだろうかという疑問はあります」

「それは我々も疑問です。マイが近くで生活していたから、というのがまず浮かぶ筋ですが」

島崎がそう答える。

「元技能実習生が逃げこみそうな場所、ということですね。管内の不審者情報はあらかた当たってはいたんですよ。もう少し範囲を広げればわかったのかもしれないのですが、いやお恥ずかしい」

八巻が渋い表情で唇を歪める。

「いえいえ、うちも人手が足りずに困っております。……それじゃ嵐山、福田、あとをよろしく頼む」

「はい」

四人がそれぞれに頭を下げあう。早速、八巻をＩＭＡＮＩＳＨＩへと連れていくことになった。

「七月二十日から二十六日の龍宏の行動ですって？　しかも東京だなんて。どうしていきなりそんな話になるんですか。行ってませんよ！」

ＩＭＡＮＩＳＨＩの事務室に通されて挨拶をしたあと、八巻は低姿勢で質問したのだが、春子は怒りだした。

「行っていないことをたしかめるために、タイムカードの類を見せていただきたいのですよ、お母さん」

「龍宏は実質社長ですよ！　社長にタイムカードはありませんっ」

怒鳴りながらも、春子は打ち合わせ用の席から立ちあがり、事務机からスケジュール帳を出してきた。なかばテーブルに叩きつけ、七月二十日から二十六日――暫定の出生日から遺体発見日の記録を見せてくる。

「ほらっ、東京への出張なんてないでしょ。来客があったり、組合の会合があったり、ちゃんと岐阜で仕事をしているの」

「土日もでしょうか。また、車を使えば夜中の間に往復ができます」

「なんですって？」

と言いながら春子が睨んできたのは、質問をした八巻ではなく暁だった。先日、龍宏とマイの関係を責め立てたせいか、すっかり嫌われてしまった。

「あなたたちは龍宏を殺した犯人を捜しているんじゃないの？　だいたい、青梅署？　なんなんです？　龍宏とどんな関係があるの」

春子が、八巻の名刺をわざとらしく振ってみせてくる。

「捜査の過程で、気になることが出てきたためです」

「わけがわからないわ」

龍宏が嬰児死体遺棄事件に関わっているかもしれないと、今は説明するわけにはいかなかった。

「マイさんは、辞めたあとで龍宏さんに接触してきませんでしたか？」

暁は春子に訊ねる。

「たとえ連絡をしてきても龍宏が相手にするわけがないでしょ。どういうつもりで訊いてるの？」

「それはまだ申しあげられないのです」

春子が睨みながら、「はー」と大きなため息を聞かせてくる。

「あなたたちは勝手なことばっかり。訊くだけ訊いてこっちの質問に答えないってどういうことよ」

「すみません。可能性のひとつを潰そうと考えています。龍宏さんのようすがどこかおかしかったなど、些細なことでもかまいません。覚えていらっしゃることはありませんか」

暁は頭を下げた。

春子は苛立った表情のまましばらく考えていたが、やがて首を横に振った。新たに別のファイルを出してきて、テーブルの上に置く。

「以前からすべてお話ししていますよ。なにもありません。それから本当に、東京には行っていません。これ、七月分のガソリンの明細。あの子の車は、会社のカードでガソリンを入れてました。東京まで行ったのならけっこうかかるはずでしょ」

それは経費の不正使用なのではと暁は呆れたが、ありがたく明細をスマホで撮らせてもらった。たしかに計算上、該当の時期には近距離の移動でしか車を使っていないようだ。

ＩＭＡＮＩＳＨＩを辞してから、近辺のレンタカーショップをたしかめた。貸し出しの記録はない。明細とは別のガソリンスタンドも近隣で複数確認したが、龍宏が立ち寄った形跡はなかった。

龍宏が嬰児を遺棄した可能性はなさそうだ。

その結論を得て、八巻は帰っていった。重要参考人となった嬰児の母親、マイの捜索を東京中心に続けるという。暁たちもまたマイたちの手掛かりを求めていく予定だ。情報を共有しようと約束する。マイとギアが出国した記録はない。日本のどこかにいるはずなのだ。

14

事件発生から二週間が経った。解決の糸口はつかめないままだ。

いや糸口はあるのだが、その先が闇に溶けていて手繰《たぐ》れないのだ。マイもギアも、またふたりが犯人ではないなら別にいるはずの傘の女も、見つからない。

松本は、田神に狙いを定めたままだ。わざと仕事の現場に訪ねていき、プレッシャーをかけている。田神は苛ついているものの、なかなか尻尾を出さないそうだ。事件当夜に友人からかかってきた電話も、気づかなかったの一点張りだという。

捜査本部の体制は、田神の犯行、マイとギアの犯行、強盗や喧嘩などの偶発的なものという大きく三つに分けられた。結果、暁と福田以外の捜査員もマイとギアの捜索に充てられることとなり、暁と福田は引き続きマイを追うが、ギアを追うのは地取りを率いていた戸辺の担当となった。聴き取りがひとまわりしたからだ。マイとギアは一緒にいる可能性が高いが、五月半ば以降のギアの行動はわからないままで、そのルートもまた捜さなくてはいけない。まずはギアのスマホの転売までの通信記録を追い、一件ずつ広げていくことになった。島崎が、戸辺の粘り強さには大いに期待しているぞと発破をかけていた。

暁はヒントを求めて、捜査本部で聴取の記録を読み返していた。福田もつきあっている。

「マイは、六月十一日を最後にすきにいＳＨＩＰから消え、七月の二十日から二十四日ごろに出産、ということですよね。ギアと一緒だったんでしょうか」

福田が訊いてくる。

「または助けてくれる人、救世主の元に行ったのか。……この救世主とは誰を指しているのかが問題だね」

暁は疑問を持つ。GSFAの木村の言った救世主は技能実習生を指していたけれど、それではないだろう。

「単純に考えればギアですが、違うと考えてるんですか？」

「自分の恋人に対して、そんな表現を使うかなと思って」

「救世主ですかー。神様のイメージがありますが、この場合は人間ですよね。ロマンチックな感じがします。ぱっと現れて救ってくれる人。童話などで、姫を助けに現れた王子様なら使えそうですね」

「IMANISHIまでやってきてマル害を殴った、というところは王子様かもしれないけれど、その後はマイより先に実習先から逃げている。王子様感、あると思う？」

「ないですね」

苦笑する福田に、暁もつられた。尻すぼみな王子様だ。

「ギアではない。だとしたら店の客かな。おなかに子供がいると知っていて助ける王子様。遊郭の身受け話でもなかなかなさそうだ。マイに固定客はついていなかったって言ってたよね」

「はい。ただ説教をしたがる客には好評だったそうですし、固定客候補はいたかもしれませんね」

ママがそう話していたと、暁も記憶を探る。こんなところで働くな、身体を冷やすな、ほかになにを言われていただろう。健診がどうとかおなかの大きさからどうとか講釈を垂れていたと呆れていて――

そうか。

「産んでもいないのに妊婦に上から目線をかませる男は……」

「ただの教えたがり、ビッグダディのように子供がたくさんいる、などでしょうか」

福田の言葉に、「違う」と、暁は首を横に振った。

「医者だ。そりゃ説教をしたくもなる。定期的な健診も受けさせたいだろう。本人としてはアドバイスをしているんだから。いや、本人……たちだ。その客は連れと盛り上がってたって言ったよね」

「はい、たしか」

「医者が複数人でやってきた？　なんの機会に？　たまたまか？」

頭の中にあるものを、暁は言葉にして投げてみる。

「医者だろうと大学教授だろうと、キャバクラに行ったり、複数で飲むことぐらいいくらでもあるんじゃないでしょうか」

「それからママは、イントネーションが違うとか、出張の客かしらとも言ってて……」

「医者の出張って、どこに行くんです？」

福田が戸惑ったようにつぶやく。

「大学、出張……そうか学会だ！　もしくは研修会！」

「学会？」

「出張で全然ホテルが取れなくて、調べたらなにかの学会と重なってたことがあったんだ。医者にかかわらずアカデミックな業界は、定期的に集まる機会を持つ」

暁はスマホを取りだして検索をした。

「これだ。日本産科婦人科学会の研修会が六月はじめに名古屋で行われている。次の予定地を見るに全国で回り持ちだから、さまざまな地域の医者がやってくる。付近で宿泊する人も、仲間と飲みに出る人もいるだろう。そのなかのひとりが青梅の医者だったとしたら」

「産科……あっ、だから救世主ってことですね。医者がマイを連れていって助けてくれたというわけですか?」

「おそらくね。誰がそれをしたのかをたしかめないと。必要なのは……、そう、参加者名簿だ」

暁は島崎に説明をした。島崎は、手掛かりがつかめるならなんでもやれと、捜査協力を得るための書類、捜査関係事項照会書の決済を一課長からもらってくれた。すぐさま日本産科婦人科学会に送る。

暁と福田は、回答を待つ間に、すきにいSHIPに出向いた。

「お医者さまのお客? そんなのわかりませんよ。すべてのテーブルの会話を聞いてるわけじゃないんだから。だいたいこういうところではね、嘘でも先生様と社長様ばかりなのよ」

そう呆れていたママだが、日にちを指定してクレジットカードの取引記録を求めると、提出してくれた。

二日後に送られてきた研究会の参加者名簿と、照らし合わせる。

先に名前を見つけたのは福田だ。

「いた。この人です。……だけど鳥取の病院ですよ」

「彼のクレジットカードで払ったってだけじゃない？　連れのひとりが、青梅の医者だったのかもしれない」

早速、該当の医師に連絡を取った。

答えを渋っていた医師だが、研修会の合間に友人たちと飲みに出たこと、その一軒がすきにいSHIPだったことを認めた。マイと話をしたこともだ。だがそれ以降は一切、足を向けていないという。同席していた医師は北海道と新潟からの参加者だった。しかし翌日の研修会の空き時間に、妊婦のホステスがいた店の話を、別の友人に披露したという。

「その鳥取の医師はマイが日本人ではないと気づき、語学留学生の闇バイトか逃げた技能実習生ではないかと思っていたようです。その話も含めてしていたところ、友人のひとりから、危ない店ではないか、カードスキミングの心配はないのかと問われて、それ以上は話をするのをやめたそうです。関わらなければよかったと言っている本人の口調からみても、それ以上の接触はないと考えます」

暁の報告に、島崎はなるほどとうなずいた。

「友人のなかにマイに興味を持った人間がいたか、訊ねてみたか？」

「誰も、これといった反応は示さなかったとのことです。話をした友人は、豊橋《とよはし》の医師が一名、岡崎が一名、ほかは県外ですが青梅はおらず、東京都内が二名、埼玉が一名です。それぞれ直接当たりたいと考えています」

「わかった。ほかに打つ手もないし、認めよう。近いほうから攻めてくれ。できれば県内で終わってほしいが」

島崎の願いは、あっさりと崩れた。豊橋と岡崎の医師からは鈍い反応しか得られず、結果、暁と福田の出張が決まった。

15

翌日、朝早くの東海道新幹線で出かけたものの、東京のひとり目の医師にはふられた。大学病院に勤務していることはわかっていたが、主に癌《がん》などの病気治療を扱っていて妊婦は診ていないという。ふたり目は、八王子《はちおうじ》駅の南口から徒歩十数分ほどの住宅街にある産婦人科病院の院長だった。道路に面して十台ほどの駐車場が、奥には周囲の民家の二、三倍の大きさの三階建てがあり、角に氏家《うじいえ》マタニティクリニックという看板が掲げられていた。産科、婦人科、生殖医療、ブライダルチェック、分娩《ぶんべん》応需要相談という文字が並ぶ。記されている診療時間からみて、ちょうど午前の部が終わったばかりだ。午前の終わりが遅いため、午後も遅い時間からはじまり、夜になるまでやっているようだ。

「ブライダルチェックってなんですか。そこだけ英語だ。和製英語かもしれませんが」

福田が首をひねっている。

「結婚前の健康診断ってことじゃない？」

暁は答える。当該病院のサイトをチェックしてあるが、その程度しか書かれていなかった。

「そのまんまですね。分娩応需というのも不思議議です。産婦人科なら普通のことでは」

「いや普通じゃないよ。妊婦健診はしても分娩を受けていない病院は多い。分娩はリスクが高いから大きな病院に任せるという考えのようだ。ここも、要相談とあるから全部受けてはいないんだろう。妊婦の状態やスタッフが確保できるかによるんじゃないかな」

暁の返事に、福田が「へえー」と感心するような声を出した。

「でも相談次第では出産できるんですよね。ということはマイを連れてきた可能性はゼロじゃない」

暁も「そう」とうなずいた。


自動扉が開くと、パステルカラーで彩られた待合室と受付が目に飛び込んできた。受付のカウンターは黄色、待合の椅子はピンク色と水色、全体を包む壁の色はクリーム色だ。そんな和やかな空間に、汗のにおいを漂わせた黒いスーツ姿の暁たちは明らかに浮いていた。あとは会計待ちなのか、患者がふたりしかいないのは幸いだ。

「すみません、うちは予約制なのですが」

暁と福田がまっすぐカウンターに向かうと、水色の事務服を着た受付の女性からそう言われた。警察手帳を取りだして見せる。

「愛知県警からまいりました嵐山と申します。こちらは福田です。院長の氏家美弥子《みやこ》氏をお願いしたいのですが」

怪訝そうな顔をした受付の女性が、さらに怪訝そうになっている。

「すみません、院長はおりません」

「午後の診療時間まではプライベートだと承知してはいますが、少しお話がありまして」

「……あー、今日の午後は休診なんです。ほらそちらに」

女性の指さすカウンター脇の壁に、臨時休診の案内が貼ってあった。臨時とはいえ、今の今、決まったわけではないようだ。

「ではもうこちらを出ていらっしゃるんですか？　までしたら、お時間は取らせませんのでお会いできませんか？」

「いえもう。すみません。明日以降でお願いします」

女性が頭を下げてくる。

「でしたらあなたにお伺いしたいのですが」

隣から福田が、笑顔で声をかけた。女性の顔が華やぐ。

「こちらの病院で、七月の中旬から下旬にベトナム人の患者さんが入院や出産をなさっていませんか」

「ベトナム？　いえ」

「では、梶田まいさんという名前が患者さんのデータにありませんか」

ええっと、と女性が手元のパソコンを叩きはじめる。

「ありませんね」

次はなんと訊ねればいいだろう、とばかりに福田が暁に視線を送ってきた。暁は、マイの写真を取りだした。タオから提供された笑顔の写真だ。

「この方を見かけたことはありますか？」

女性の表情がわずかに変わった。

病院内で見たのですか、と口を開きかけたところで、「小柴《こしば》さん！」と声が飛んできた。えんじ色のケーシーを着た五十代ほどの女性がカウンターに寄ってくる。ケーシーとは、首元が詰襟になっているタイプの医療衣だ。

「看護師長」

女性が身を縮める。受付の女性は小柴というようだ。

「患者さまのデータを勝手に教えちゃだめでしょ」

師長がぴしゃりと言い放つ。

「すみません、警察です。我々が頼みました。ある女性のことで、院長にお話をお伺いしたかったんです。こちらの女性なんですが……」

暁は掲げたマイの写真を、師長の位置からよく見えるように移動させたが、師長は目を向けようとしない。能面の小面《こおもて》のように無表情なままで答える。

「警察でも申しあげられません。患者さまのデータはセンシティブな個人情報にあたります。開示するにはそれなりの書類がいるはずです」

「それでは院長のご自宅に伺いたいので、住所をお教えください」

暁は頭を下げる。

「明日いらしてください。今日はたぶん別の病院におります」

「別の病院にもお勤めなんですか？」

福田が満面の笑みを作って訊ねていたが、師長には効かなかったようだ。無表情は変わらない。

「それは先生から聞いてください、明日」

師長が質問をシャットアウトした。「わかりました」と暁たちは受付から離れる。

病院を一歩出てから、福田が背後を振り返った。扉をじっと見つめている。

「さっきの看護師長、今西のあのお母さんより強そうですね」

「医療従事者による秘密漏示にあたりかねないと考えたんだろうね。島崎係長から所属長印つきの捜査関係事項照会書を持たされているから、報告して使うことにしよう」

「はい。それに受付の女性は、マイに見覚えがあるようでしたね」

「ああ、院長と直接話をしたほうがよさそうだ」

移動して、残る埼玉の医師に会うことにした。しかしこちらは分娩の扱いがない病院に勤務していた。


翌日、同じ時間に氏家マタニティクリニックを訪ねることとなった。駅からの道をふたりで歩く。

「そういえば嵐山さん、朝早くから出かけてましたよね。どこに行ってらしたんですか」

「青梅。嬰児の死体が見つかった公園」

「えー、ひとりでですか？　誘ってくださいよ」

福田がむくれたように言う。

「悪い悪い。夜中に急に思いついたんだよ。スマホで八王子から青梅までのルートを検索していたら、乗り換え次第では三十分強で行けるとわかって、涼しいうちに現地を確認してみたくなったんだ」

名古屋近辺より東京のほうがやや湿度が低い気もするが、昼日中の暑さは似たようなものだ。九月も中旬になったというのに、今日も射るような日差しが眩しい。

「電車ですか。車だとどのぐらいですか?」

「四十分台の後半と検索に出たよ」

「青梅署には?」

「まだ行っていない。このあとで訪ねよう」

「八巻さんでしたっけ。あの人に頼んで車に乗せてってもらえばよかったのに」

暁は、福田に向けてにやりと笑ってみせた。

「自分の足で行かないと、わからないこともあるんだよ。すきにいＳＨＩＰもそうだったじゃない」

そう聞いた福田が、目を輝かせる。

「なにか気づいたんですか。僕にも教えてください」

「あとで」

昨日と同じく自動扉の前に立つ。

受付に向かうと、硬い表情をした小柴がぎこちなくうなずいた。そのまま廊下の奥へと案内してくれる。

通されたのは診察室ではなく、カンファレンス室と扉に表示された、楕円のテーブルの周りに複数の椅子が置かれた小部屋だった。壁際のラックに、生活や食事の注意を記したリーフレットが並んでいる。妊婦向けのものだ。福田が物珍しそうに眺めていた。

「お待たせしました。院長の氏家美弥子です」

扉が開き、四十歳前後の女性が入ってきた。紺色のスクラブの上にさらに白衣を羽織っている。スクラブとは、手術室でよく見るVネックの医療衣だ。

「昨日は家族の病院に行っておりまして、失礼いたしました」

氏家が軽く頭を下げてくる。耳の横で緩くまとめられた髪がふわりと揺れた。

「ご家族が別の病院をお持ちなのですか？」

暁の質問に、氏家がくすりと笑った。

「いいえ。病人の付添いです。ここが、家族が持っていた病院です。死んだ父から受け継ぎました」

氏家は、「ここ」というところで床を指していた。

「それは失礼しました。改めまして、嵐山と申します。こちらは福田です。愛知県警からまいりました。単刀直入に申します。この女性をご存じですか」

暁はマイの写真を見せる。

氏家が一瞥《いちべつ》し、暁へと視線を戻してくる。

「知っています。うちで出産しました。そしてすぐにいなくなりました」

氏家は平然と言い放ち、こちらの発言を待つかのように黙っている。その堂々とした態度に、暁は一瞬、気圧《けお》された。

「いなくなって、なぜ、警察に届けなかったんですか」

「警察、そうですねえ。でも診療費の踏み倒しは、残念ながら届け出てもまず回収できないんですよ」

「踏み倒し？」

暁の隣から、福田の驚く声がした。

「ええ。住所氏名がわかっていてもなお払っていただけないことがあって、医療業界でも問題になっているんですよ。彼女の場合はそれもわからないので、諦めるほうが早いんです」

やれやれとでも言わんばかりに、氏家は肩をすくめている。

暁は訊ねた。

「もう少し、正確なところを伺えますか？　いつ、なにがあったかを教えてください」

昨日の受付でのやりとりは、氏家の耳に入っているだろう。スタッフ全員に口止めすることは無理、知らないでは言い抜けられないと考えて、出産だけ認めるつもりなんだろうか。

突然やってきて産んで消えた、そんなことはないはずだ。すきにいＳＨＩＰでマイに接客された鳥取の医師が、氏家に彼女の話をしている。名古屋から八王子の距離、三百キロ強が偶然つながるはずがない。そう思いながら、暁は氏家の出方を待つ。

「出産は七月二十二日の夜です。新生児の体重が二二五〇グラムで、妊娠何週かは不明ですが、いったん保育器に入れました。母体のほうは安定していて母乳の出もじゅうぶんです。子供も問題ないだろうと判断し、そう伝えたのが二十三日のことです。その日の夜、消灯時の見回りをしたときにはいなくなっていました。子供も連れてです」

消灯は夜の九時ということだ。

「さきほど、女性の氏名がわからないと言っていましたが、名乗らなかったのですか」

暁は氏家をじっと見つめる。

「言い方が悪かったですね。お名前は聞いています。ファム・サイン・マイと。しばらくの間、手伝いをお願いしていました。でもその後の行き先はわかりません」

「手伝いとはどういう意味でしょうか」

「高齢の母がおりまして。軽井沢《かるいざわ》にいるんですが、あちこちにガタもきてますし、ここから車で二、三時間ほどありますでしょ、離れて暮らすのはなにかと心配で。その見守りというか世話をね。同時に彼女の保護もしていました。引退しましたが、母は助産師だったんです」

氏家は穏やかにほほえみながら言う。

「マイさんは、いつからお母さまと一緒に暮らされてましたか」

「六月の……十日から十三日の間のどこかからですね。まずこちらに来てもらって、妊婦健診をしました。幸いなことに問題はありませんでした。とはいえ二週間に一度の健診が必要になってくるころです。今まで一度も受けていなかったようです」

日にちは合っている。そこで嘘をつくつもりはないようだ。

「それは、愛知にあるキャバクラ、すきにいSHIPから連れ出した、ということでいいでしょうか？」

「ええ。友人から聞いて、妊婦によい環境にいるとは思えないので、なにか力になれることはないかと誘いました。母の世話をしてくれるならこちらもあなたをサポートすると」

「彼女は元技能実習生です。本来の職場ではないところにいる、つまり、不法に滞在しているということです。それはご存じなかったのですか」

不法滞在になるかどうかは知らなくとも、語学留学生か元技能実習生ではないかという話は、鳥取の医師から伝わっているはずだ。

「でも不法滞在ということは入管に送られるんでしょう？　入管関係でいい話を聞きません。医療につなげてもらえずに亡くなった方もいましたよね。そんなところに妊婦をだなんて、ぞっとします。夜のお店以上によくない場所です。彼女は子供を産んだあと、また元の会社で働きたいと言っていました。では子供はどうするのかと訊ねたら、ベトナムの実家に預けにいくと言いました」

「それを信じたんですか？」

「百パーセント信じたわけではありません。元の会社が雇ってくれなければ、また夜のお店で働くのかもしれません。それでも放っておけないじゃないですか。彼女も、おなかの子も。突然やってきた妊婦の分娩を受けいれる病院なんてそうありませんよ。だからうちで、産むまでの生活を保護しつつ、母の世話をしてもらおうと思ったんです。そんななかで破水して、軽井沢から急いで連れてきて。さっき、診療費のことを申しましたけど、別に取り立てる気なんてありませんでしたよ。けれどほかの妊婦さんの話でも聞いて、出産費用が高いことに気づいてしまったんでしょうね。逃げなくてもよかったのに」

氏家が、小さなため息をついた。

「子供の性別は覚えていますね」

「ええ。女の子です」

「遺棄されていたのはご存じですか」

「え？」

氏家が目を見開いた。暁は氏家を見つめる。氏家はしばらくぼんやりしていた。視線がゆっくりと下がっていき、大きく長く、嘆息した。

本当に知らなかったのか？　それとも演技なのか？

「……それは、ショックです。あの……遺棄って……、それは本当にマイさんの産んだ子なんですか？」

「DNA型検査で確認したところ、父親が判明しました。その状況からみてマイさんの子供です」

氏家が、またため息をつく。

「そうですか、……ちょっと信じられなくて」

「もしかしたらという疑問も持たれなかったんですか？　七月末に、青梅市で女の嬰児が発見されたというニュースはご存じですよね。マイさんが出産してすぐですよ」

「青梅……。すみません。ニュースは聞いたような気がしますが、距離があるので結びつきませんでした」

「ここから近いようですよ。電車でも車でも一時間かからず行けます」

氏家が苦笑する。

「そう。自分の行動範囲じゃないからピンとこなくて。なによりそんな、マイさんがそんなことをするなんて」

「想像もなさらなかったということでしょうか。未婚女性が、出産した子供の始末に困って遺棄するケースは、社会的にも問題になってますよね」

暁の言葉に、氏家は不審そうに眉尻を上げた。

「捨てるつもりならここに置いていきますでしょ。いずれ実家に預けるとしても、育てる気持ちがあったから、子供を連れて逃げたのではないですか」

たしかにそうだ、と暁は虚をつかれる思いだった。だとしたらマイは子供を殺しておらず、自然死の可能性が高い。死んでしまったから遺棄したのだ。

ただ、氏家の行動は引っかかる。

「氏家さん、さきほど、妊娠何週かわからなかったとおっしゃいましたね」

「ええ。最終月経日が不明なので、正確には、ですが」

「おなかの子の父親は誰か、いつ妊娠に至ったかは聞いていますか？」

「いつごろになにがあったかは伺っています。父親の候補としてふたりの男性がいることもです。そういった場合は、エコーを使って、五日から十日くらいの幅を持って推定していきます。出産時で妊娠三十四週あたりではないかと診断していました」

「サイトなどには、まさにその妊娠三十四週で肺の機能ができあがるため、自力で呼吸できるようになると書かれていました。でも人は誰でも個人差がありますよね。予定日より早いのだから、子供の呼吸が止まるかもしれないとか、どこかに未熟なところはないかとか、考えるべきではないですか。やはり、逃げたときに警察に連絡すべきです」

「はい。……大変申し訳ないかぎりです。あの、それで……」

氏家が言いかけて、途中で止めてしまう。

「なんでしょうか」

「子供が見つかったのは青梅なんですよね？　その捜査をなさるのに、なぜ愛知から訪ねていらしたんですか？」

ああ、と暁はテーブルに置かれたままの自身の名刺に手を伸ばした。支給されているスマホの番号を書き加える。

「マイさんはある事件の参考人です。行方を捜しています。その後、彼女から連絡はありませんか？　連絡があり次第、お電話をください。それと、荷物は残していないでしょうか」

「着替えやパスポートなどの身分証は持って入院し、そのまま逃げました。母が貸していたスマホもです。でもかけてもつながらず、連絡もありません」

「スマホ？　マイさんに貸してたんですか？」

ギアと連絡を取っているかもしれないと、暁は身を乗りだした。

「低価格のＳＩＭ会社がありますでしょ。手持ちの古いスマホにそれを入れて渡していました。でも解約済みです」

「番号を教えてください。通信記録を取りますが、よろしいでしょうか」

「ええ。それで、マイさんはなにをしたんですか」

「それは伏せさせてください。ただ、こちらを見ていただけますか？　この女性はマイさんだと思いますか？」

暁はスマホを出し、傘の女の動画を見せた。マイがどんな事件の参考人なのかは伏せたものの、動画はマスコミに公開したので、調べられればわかってしまう。

氏家は画面を見ながらしばらく考えこんでいた。が、首を横に振る。

「わからないですね。……お役に立てずにごめんなさい」

氏家は頭を深く下げたあと、ちらりと腕時計をたしかめた。そろそろ終わりにしてくれと示唆しているのだ。

暁は食いさがる。

「お忙しいところすみませんが、あと数点だけお願いします。昨日、受付の方に、ベトナム人の患者が来ていないか、過去に使っていた日本人名も出して訊ねたところ、否定されました。なにか受付の方におっしゃいましたか？」

「口止めをしたかということですか？　そんなことありませんよ。ベトナム人だとは言っていないし、名前も違うはずです。彼女には東尾《ひがしお》まいと、母の旧姓で名乗らせていましたから」

「そうですか。お母さまにもお話を伺いたいのですが、よろしいでしょうか」

「ええ。氏家志麻《しま》と申します。朝から軽井沢に戻っております」

軽井沢の住所も記させてもらう。

「マイさんにはブイ・ヴァン・ギアというベトナム人の恋人がいるんですが、彼との接触はありましたか？」

「私は知りません。彼女は軽井沢にいたので、そこまではわかりかねます」

「お母さまに伺ってみますね」

氏家は「ええ」とうなずく。

「マイさんから、おなかの子の父親をたしかめる方法を訊ねられたことはありますか？」

氏家が、少し考えてから答えた。

「……あります。親子鑑定の話をしました。そういう調査をする会社があるからネットで調べてみてはどうかと。でも相手の協力がないとできないとも伝えていますよ」

その後、福田と手分けをして、昼の休憩から戻ってきた看護師や午後の診察に来た患者、近所の住人にも聞き込みをしたが、一様に、優しい医師だと口を揃える。マイのことは、みな記憶にないと言っている。

「その氏家って医者の証言は、信用できそうなのか？」

暁が島崎に電話で報告を入れると、そう問われた。

「グレーです。同情心や親切心で保護したという主張はわかります。でも、だったらマイの産んだ子にもっと関心を持つんじゃないでしょうか。嬰児遺棄のニュースと関連付けて考えなかったというのも、疑問です。世間で起こっているできごとに関心を持たない人はたしかにいますが、氏家は産科医です。気になるのが普通ではないかと思います」

訝《いぶか》るようなうなり声が、スマホから聞こえた。

「気づいていたからこそ、知らなかったふりをしたんじゃないか？　不法滞在者を匿《かくま》ったことを責められたくないと考えた」

「保身ということですか」

「ああ。逃げられてすぐに通報しなかったことも、同じ理由じゃないか」

地位や立場から考えて、たしかにそうかもしれない。

「そうですね。恩を仇《あだ》で返されたというと少々言葉が強くなってしまいますが、これ以上は関わりたくないと考えたのかもしれません」

「いずれにせよ、嬰児遺棄に関しては青梅署の仕事だ。マイ本人を見つけないといけない。スマホの番号がわかったのは上出来だ。通信記録の依頼はこちらでやっておく。解約されるまでの間に、ギアはもちろん、次の潜伏先の関係者と連絡を取っているといいんだが」

「お願いします。我々は明日、氏家の母親に会ってから戻ります」

暁はスマホを耳に当てたまま、頭を下げた。

16

青梅署を訪ねたときには、とうに閉庁時間を過ぎていた。八巻にはあらかじめ連絡してあったので署内で会い、今までの話を伝える。

「そうですか。八王子の病院で産んで、翌日の夜にはいなくなった。それが七月二十三日の夜ですね。こちらにやってきたのはその二十三日か、翌日の二十四日なのか。……一ヵ月半も経っているとなると……」

外から戻ってきたばかりだという八巻が、額の汗をタオルで拭いつつ考えこんでいる。

「防犯カメラの映像は残していらっしゃるんですか？」

福田が訊ねる。

「押収できたものはすべて残っていますよ。日にちと風体が絞れてきたので、精査すればどこに映っているかわかるでしょう。しかし後足からの先は、難しいかもしれない。一ヵ月半ともなると防犯カメラが上書きされている」

八巻はなかなか汗が引かないのか、何度もタオルの面を変えては拭っていた。

「いずれにせよ遺棄したのは、母親のマイとみて間違いないでしょう。そちらの事件のマル害である父親は来ていない。出産に関わったその医師や周辺の人間も、まずないといっていい。ほかの関係者はいないでしょう」

「ギアがいますよ。恋人が。産んだ時点ではどちらの子かわかっていません」

暁が口をはさんだ。

「そうでした。けれどももしそのギアが遺棄したなら、マイとセットでしょう。未婚の母親単独の遺棄はありますが、父親単独での遺棄は珍しい。男は産む前に逃げられるからね」

八巻が苦笑した。暁もうなずく。

妊娠させた男は逃げても不問、子供を捨てた母親だけが罪に問われる。遺棄という行為に罪状がつくからだ。原因を作った男は罪に問えない。

だがそれなら、なぜ堕胎の際に父親の同意書を求めるのか。求めないのが本筋だという話もあるが、春子が紹介した病院では必要だった。生まれた子を捨てる行為が母親だけの責任だというのなら、生まれる前に処分するのも母親だけの責任だ。

それが徹底されていれば、マイが罪に問われる立場になることもなかったはずだ。

「ギアの行方は別の担当者が追っていますが、まだ見つかっていません。マイの足取りも、その七月二十三日の夜が最後です。実はわたし、今朝、遺棄された公園まで駅から歩いてみたんですが」

「朝？　じゃあ今日、こっちに来るのは二度目ですか」

八巻が、呆れたような目で見てきた。

「すみません、連絡せずに。公共交通機関で来るならどういうルートを辿るか、たしかめてみたかったんです」

「しかし青梅駅も日向和田駅も防犯カメラを確認していますよ。青梅駅の先のバスでも聴き取りをしましたし」

「はい。バスなら運転手が覚えているはずだから、徒歩だろうと。ただ、来てみたところ、降りたのは日向和田駅のひとつ先の石神前《いしがみまえ》駅だった可能性もあると思いました」

「ひとつ先？　最寄り駅は日向和田ですが」

はい、と言って暁はスマホから写真を選び、画面を見せた。観光案内の看板を写したものだ。縮尺が正確な地図ではなく、史跡を強調するタイプのもので、イラスト入りだ。左上のほうに梅の公園が案内されている。福田も横から覗きこんでいた。

「実は今朝、考え事をしながら青梅線に乗っていたら、うっかり乗り過ごして石神前まで行ってしまったんです。駅を出たら目の前にこの看板が。梅の公園も大きく書かれていて、この駅からでも行けるような案内になっています」

「まあ、そこからでも二キロほどなので行けなくもありませんが」

八巻が言う。

「石神前駅にある看板では、日向和田駅が載っていないんです。一駅戻ったほうが近いということがわからなかったのかもしれません。また、青梅線は三十分に一本ほどですよね。最終電車だった可能性もありますし、戻るか歩くかを迷って、歩いたのかもしれないと考えました。朝の時点では、マイがスマホを持っていたことはわからなかったのですが、地図アプリを使えば道案内をしてもらえます。わたしもアプリを頼りに行ってみました。帰りは日向和田駅に」

「なるほど。一応確認してみましょう。けれど子供を産んだばかりの女性が二キロも歩こうとするでしょうか」

八巻は首をひねっている。

「歩き出してから、大変だということに気づいた可能性もあります。わたしも思ったより時間がかかりました」

「地図アプリではありがちなことですね。とはいえ我々は今のところ、一番可能性が高いのは車だと考えています。日向和田駅からだって徒歩十五分はかかる。そこまでしてなぜという気持ちが拭えませんからねえ」

それは暁も感じていた。なぜマイは八王子から青梅まで行き、さらに公園まで行って子供を遺棄したのだろう。


翌日、氏家志麻に会うために軽井沢に向かった。八巻が、一緒に話を訊くと言って車を出してくれた。ギアが軽井沢まで会いにきたことはあったのか、その後マイからの連絡はないのか、また、氏家美弥子の証言に齟齬がないかをたしかめなくてはいけない。

警察だと名乗って扉を開けてもらうと、真っ白な髪をきれいにセットした上品そうな女性が出てきた。美弥子と似た容貌を見るに志麻本人だろう。

「みなさん、カモミールはお好きですか」

いきなりそう訊かれた。暁は、花についてではなくお茶として訊ねているとわかったが、福田と八巻は意味が取れなかったのか固まっている。ふたりに説明をしようと暁が口を開く前に、志麻は背を向けた。早くも歩き出している。

「一度飲んでごらんなさい。ではこちらに」

そのまま応接セットのある部屋へと誘ってきた。志麻には老人特有のマイペースさがある。

いったん奥へと引っこんだ志麻は、カップを運んできた。ジノリだった。

「年寄りの世話をしてもらうって言ったんでしょ、あの子。私はそこまでの歳じゃありませんよ。マイちゃんをあの子の病院まで運んでいったのも私の運転ですよ」

「運転をなさるんですね」

暁は訊ねた。

「もちろんですよ。こういうところだもの、車がなきゃとても生活できないわ」

本人の言うとおり、町中から少し離れた、林の一部になったかのような家が木々の間に点在しているゆったりとした別荘地だった。庭も広く、日当たりのいい一角は網で囲われていて、なかにプランターが並べられていた。枯れかかった植物が見えている。収穫はもう終わってしまったが、トマトやキュウリなどの野菜を育てていたという。入り口を開けたままのガレージに置かれたボルボの4WDは志麻のもので、別荘の名義も志麻だった。六年前に夫が死去して相続したそうだ。

年齢は七十八歳と聞いていた。カーディガンを肩掛けにした小花模様のワンピースから覗く二の腕はたるんでいるが、きっちりと化粧をしているせいもあり、老令嬢といったようすだ。ちなみに美弥子は、四十一歳だそうだ。

「マイさんにお世話されていたという認識はなかったのですか？」

暁の質問に、志麻は少し考えこむ。

「そりゃあ、多少はね。若いころと同じではありませんもの。見守りサービスなんてものにも入らされてますし。娘は、誰かいれば安心だと思ったんじゃないですか。だから親戚の子を預かっているような感覚ね。おしゃべりをして、ふたりで植物の手入れをして、採れたてのお野菜を食べるのよ。自然って偉大ね。疲れた顔をしていた子が、どんどん健康になっていったわ。お買い物にも行ったわね。娘には内緒でドライブもしたし」

「内緒とは、どうしてなのですか？」

あら、とばかりに志麻が肩をすくめた。

「白内障がね、ちょっとだけあるの。まだ手術は必要なくて、ほんのちょっとなのよ。だからあまり長いドライブはしないほうがいいって言われてて。いえ、言ったのは娘で、眼科医に止められたわけじゃないのよ。心配しすぎなのよ、あの子」

八巻が、「よろしいですか」と口をはさんでくる。

「白内障のある方の運転は、ない方と比べて二・五倍の危険度があるといいます。警察としては娘さんに賛成ですね。特に明るすぎる場所や夜間の運転は、じゅうぶん気をつけていただかないといけません」

八巻の険しい表情に、「まあごめんなさい」と志麻が身を縮める。

「暗いときに運転したのは、マイちゃんを送っていったこの間がひさしぶりよ。緊急事態だったんだから許して。それに言われるほど眩しくも見え方が違ったわけでもなかったわ。気を張ってたからかもしれないけれど。そのあとマイちゃんの出産を手伝って、娘のマンションに戻ったときにはもうぐったり。そのままぐっすりよ」

それは、その気になれば青梅まで車で行けるということでは。

八巻は朝一番に、残念ながら石神前駅のカメラの記録は残っていなかったと言っていた。マイの移動手段はまだわかっていない。

暁は八巻に目で合図を送ったが、彼はまるで気づいてくれない。車だった可能性が高いと、八巻自身が昨日そう言ったではないか。

自分で訊ねることにした。

「マイさんを運んだ七月二十二日の夜は、八王子に泊まられたということですね。その翌日の二十三日はどうなさいましたか。マイさんのお見舞いですか？」

「いいえ。実はその二十三日だけど、もともとお友達に誘われて歌舞伎を観にいく約束をしていたのよ。昼の部と夜の部と両方よ。前日じゃなくて本当によかったわ。私がいないときに破水したら大変だもの。それで夜の部が終わったあと、チェックインをしていた日比谷《ひびや》のホテルでお友達と食事を取っていたら娘から電話が入ったの。マイちゃんがいなくなったって。もう、驚いて驚いて。軽井沢に戻ってるかもしれないから帰るって娘に言ったんだけど、逃げた人が軽井沢に戻るとは思えないし、夜の運転は避けてほしいと言われてそのまま予定どおりホテルに泊まったの。もちろん、マイちゃんには何度も電話をかけたのよ。でも出てくれないし、そのうち電源が切られたのかつながらなくなってしまって」

「それらは車で行動されていたんですか？」

「歌舞伎に？　まさか。銀座《ぎんざ》なんですよ、電車です。車は娘の病院に一日置いておいて、翌日、ここに帰りました」

「それが七月二十四日ですね。その到着は何時ぐらいですか？　どなたかとお会いになりましたか？」

志麻がぽかんと口を開けて、質問した暁を見てくる。

「やだそれって、アリバイを訊いてるの？　私がなにかするとでも？」

「すみません、みなさんにお訊きしているんです」

暁は軽く頭を下げる。

「そうなのねー、私にまで。まあすごい。……ええっと、到着時間ね。正確にはわからないけれど、ホテルを出て、車を取りにいって、それがお昼ぐらいかしら。だから午後のどこかね。夕方にはなってなかったと思うわよ。帰ってきて短いお昼寝をして、そのあと散歩に出て。そうそう、そのときお隣のご家族がやってきたのよ。挨拶をしたわねえ。散歩ができるぐらいだからまだ明るいころよ」

林の中で散歩ができるぐらい。そのころの日没は十九時あたりだが、安全に歩くとなるともう少し早い時間を選ぶだろう。

「お隣がやってきたとは、こちらのおうちに挨拶にいらしたということですか」

「いいえ、子供たちを連れて避暑にきたという意味です。ちょうど学校が休みに入ったころでしょ。昔ほど涼しくはないけれど、このあたりは木陰も多いし、駅のあたりとは体感が違うわね」

三十年ほど前から持っている別荘だと、志麻は笑っていた。

「この服に見覚えはありますか？　汚れは無視して、形で判断してください」

写真を示しながら、八巻が訊ねた。嬰児を包んでいた衣類だ。暁も、青梅署から提供された資料で見ている。泥や嬰児の体液による汚れで変色していることもあり、公表はしなかったという。

「似たようなものを持っていたような気がするけれど、ほら、服って形よりも色や柄の印象のほうが残るでしょ。自信がないわ」

志麻が、写真を手で遠ざけるようにした。八巻は続ける。

「そうですか。いなくなった二十三日を最後に、マイさんから連絡はないのでしょうか」

「ええ。何度かけても通じないから、三日目ぐらいに娘と相談してSIMの解約をしました。本体は諦めたわ。うちの情報を消してから渡したので問題はないでしょう。……それにしてもマイちゃん、どこへ行っちゃったのかしら」

困ったように、悲しそうに、志麻は首をひねっている。

「見当がつきませんか？　どこに行くか、行きたいかなどと話していませんでしたか？」

「ええ。申し訳ないわねえ」

八巻が、「わかりました」とメモをしていた手帳を閉じた。

暁にはまだ、気になることがあった。

「美弥子さんは、青梅で嬰児遺棄があったというニュースと、マイさんの産んだ子供が結びつかなかったとおっしゃっています。志麻さんはいかがですか」

志麻が眉根に皺を寄せている。

「私もそうよ。昨日、あの子からその話を聞いて、腰が抜けるほどびっくりしました」

「ですが、ちょうどマイさんがいなくなった直後ですよね。疑いもしませんでしたか」

暁がそう言うと、志麻は睨んでくる。

「マイちゃんが子供を殺すはずがないもの。そんな子じゃありません」

「そんな子、ですか」

「あの子はいい子よ。素直で優しい子でした。私を気遣ってくれたし、トマトやキュウリなどの植物にも愛情を注いでいました。お料理も一緒にしたわ。人参《にんじん》の飾り切りを教えたらすごく喜んでたわね。かわいくできたって」

「人参の飾り切りとは、おせち料理に入ってるようなものでしょうか。どう作るんですか？」

包丁も持たせていたということか、型押しの器具なのか。

「まさにそれよ。筑前煮《ちくぜん》に入れてあげたら、かわいいからやってみたいって言いだしてね。人参の輪切りを五角形にしてから花の形にして、中央に向けて刃先で削ってねじりを作るの。やってみる？」

いいえ、と暁は手を横に振った。刃物を手に取る自由があったかどうか知りたかっただけだ。

「子供だって、楽しみにしていたわよ。早くおなかの子に会ってみたいって言ってたわ」

すきにいＳＨＩＰの小夏も似たようなことを言っていた。だんだんと、かわいく感じるようになったのだろうか。

「望まない妊娠だったようです。堕胎する予定で病院に行ってもいます」

「聞いています。二十二週を越えてしまったんでしょ。でもねえ、ずっとおなかのなかにいるのよ。一緒に生活して、日々、動いているのがわかるの。自分が守ってあげなきゃいけないって思うようになってくるの。……あなたお子さんは」

「おりません」

「ならわからないわね、なんてことは申しません。人によって違いますからね。だけどマイちゃんはそうだったの。それは私が保証します。気持ちは変わるのよ。だから今でも信じていません」

志麻がきっぱりと言う。

「子供の死因はわかっていません。殺したのではなく、死んでしまったのかもしれません」

八巻が穏やかな声で述べる。

「そうね」

三人から視線を外した志麻が、窓へと目をやった。その頰に、涙が伝っていく。流れては流れては、止まらない。

眉尻を下げた八巻が、そのようすをじっと見ていた。

暁は、しばらく待ってから次の質問をした。

「マイさんが誰かと連絡を取っていたようすはありますか？」

「どういうこと？」

志麻の声が不快そうにざらついた。

「彼女にはギアという恋人がいました。その人に電話をしていなかったでしょうか」

「……知りませんよ。他人の電話を聞くなんて品のないことはいたしません」

「見慣れない男性を近所で目撃したことはありますか？　そんな男性がいたといった噂はありませんか？」

「ないですよ。あなたたち、あの子を犯罪者みたいに言わないでちょうだい」

志麻はむくれてしまった。

そのまま取り付く島もない。マイから連絡があったら教えてほしいという依頼にも、応じてはくれたが目は冷たいままだ。ご協力いただきましてと挨拶をして、別荘を辞する。

隣家の住人に七月二十四日のことを訊ねようとしたが、すでに本宅に帰ってしまったのか不在で、住んでいる気配もなかった。昨年、別荘を手に入れたという反対側の隣の家の住人は、その日のことは覚えていないが、マイがいたことは知っていた。知人の娘を預かっていると説明され、納得していたという。おなかが大きかったのでなにか事情があるのだろう、詮索するのは失礼だ、とも思っていたそうだ。志麻とふたりで散歩をしているところを目撃したこともあるが、これといった印象はなかったという。

八巻が、しみじみとしたようすでため息をついた。

「彼女は、マイのことを娘か孫のように思っていたんでしょうね」

「美弥子はマイを連れてきただけで、生活まわりのことは母親の志麻に任せていたわけですね」

福田が相槌を打つ。

「美弥子は同情心から一時的にマイを保護していた。だが病院から逃げたあとは連絡がなく、行く先も知らない。志麻も同じ。そう考えて問題なさそうですね。これ以上彼女らを調べても、新たな情報は得られないと考えます」

八巻が言った。

「一緒に歌舞伎を観た友人、宿泊したホテル、先に帰った隣の別荘の住人、それらへの確認がまだ残っていますけれど」

暁の言葉に、八巻が苦笑した。

「もちろん確認しますが、電話一本ですぐわかるようなことに嘘をつくとは思えませんね。結果がわかったら連絡しますよ」

暁も、氏家がマイに貸していたスマホの通信記録を送ると約束した。

軽井沢駅まで送ってもらってから、八巻と別れた。

遠ざかる車を、福田が眺めている。

「八巻さんは優しい人ですね。志麻さんが泣いていたとき、もらい泣きしそうな顔をしてましたよ」

「そうだね。でもわたしは性格が悪いから、どうにもこそばゆいというか、美談すぎて気になる。志麻が、美弥子よりもマイと関わっていたのは間違いないけれど、ふたりとも、本当に真実だけを語っているんだろうか」

福田と同じ方向を、暁はつい睨んでしまう。睨む相手は八巻ではない。相手を自分のペースに巻きこんでくる志麻のほうだ。

「気になっているのは、マイの子供と遺棄された嬰児とを結びつけなかったことですか？」

「うん。まずはそれ」

暁の返事に、福田が首をひねった。

「美弥子にせよ志麻にせよ、そう言っておかないと、産んだ母親を知っているのになぜ警察に通報しなかったのかを責められると思ったんじゃないですか？」

「島崎係長も同じようなことを言ってた。たしかに保身もあると思う。だけど疑問はもうひとつある。マイはなぜ病院から逃げたんだろう。美弥子は出産費用が高額だったことを理由にしていたけれど、そもそも生活全般を世話になっていたのに、いまさらそれだけを気にするのは変だ」

「……たしかにそうですね」

「氏家親子は親切心で保護していたと説明したけれど、本当は対価を求めていたのかもしれない」

「対価ですか」

「そう。さらに借金が増えることを危惧したマイが逃げた。そのほうが自然だと思わない？」

福田が考えこんでいる。

「そう言われれば。でも、どうやって証明するんですか」

「それを調べるのが我々の仕事だよ。どうにもあのふたりは引っかかるんだ」

「嵐山さんならではの『台風の引き』ですか？」

暁は苦笑する。

「島崎係長が勝手に言ってるだけだよ。わたしにとっては、引っかかる、もやもやする、すっきりしない、なにが起こっているか知りたい、それだけなんだよね」

それを勘と言っていいのか。暁は少し違うと思っている。本来ならすっきりと流れるところにゆがみがあれば、引っかかりが生まれるものだ。氏家親子にはどうにも不自然なところがある。

「わかりました。嵐山さんは以前、タオがなにか隠していると言ってましたよね。実際、彼女はマル害がマイをレイプしたことに気づきながら黙っていた。その引っかかりは当たっていたわけです。氏家に対する引っかかりがどこにつながるかわかりませんが、僕も、すっきりとはしてません。ついていきます」

忠犬シェパードとでも表現できそうな目で、福田が見てきた。それほど素直に他人の意見に賛同していいのかと思いながらも、暁はうなずく。調べる人間は多いほうがいい。

暁は島崎に連絡を入れた。

「待っていたぞ。ふたりとも早く戻ってこい」

それなんですが、とばかりに今日の報告をする。

「というわけで、氏家親子の説明には納得のいかないところがあります。彼女らはなにか隠しています。出張を延長させてください」

「マイが彼女らの善意を信じられなくなって逃げたのではなく、氏家親子がなんらかの嘘をついていると、そう言うんだな？」

島崎が鋭く問うてくる。

「どちらの可能性もあります。だからもう少し調べたいと考えました。まだ氏家側からの証言しか得ていません。病院の関係者、別荘周辺の住人など、調べの足りない部分があります」

煽るような楽しむような声で、「嵐山よー」と島崎が言う。

「おまえが引っかかる気持ちはわかる。俺もおまえの引きを信じてはいる。とはいえ、だ。我々が追っているのはマル害、今西龍宏を殺した犯人だ。出産までのマイの動向ではなく、現在の居場所だ。おまえの疑問を解消したところで、答えは出るのか？」

痛いところを突かれた。暁は唇を嚙む。

「ヒントが得られるのでは、と考えています。また、マイが逃げたというのは嘘で、まだどこかに匿っているかもしれません」

「匿う？　なんのためにだ？」

「……それは、わかりません。ただふたりとも、あまりに落ち着いています。それに、いなくなったマイを案じるようすが、ゼロとは申しませんが、美弥子から感じられません」

案じていないのは、そばにいるからではないのか。

ふん、と鼻で嗤うような音がした。

「いったん落ち着け。別のルートからマイを追ったほうが早いぞ。彼女がその氏家から借りて使っていたスマホの通信記録が出た。タオの電話番号がある」

暁は息を呑んだ。

「けれどタオは」

「おまえに、マイからの連絡はないと言った。だったな」

「はい。……嘘だったんですね」

「気になるだろ。だから戻ってこい」

島崎に操縦されているようで悔しいが、飛んで帰りたいほど気になるのは本当だ。タオは、なぜ嘘をついていたんだろう。

17

通話の履歴は、美弥子の証言どおり、マイが志麻に預けられたあとからスタートしていた。六月十四日付だ。最後は、志麻の持つ番号からだった。幾度もかけられているが、すべて不在着信の形で終わっている。これも証言どおりだ。

一方、マイが最後にかけた電話は持ち主不明の携帯電話で、七月二十三日の夜に三回かけられていた。こちらは逆に、相手が不在で通じていない。かけた場所は、八王子駅、青梅への乗換駅になる拝島《はいじま》駅、最後は嬰児が見つかった公園近くだ。マイは電車で移動していた可能性が高い。その後しばらくは電源が入っていたが、近辺一、二キロのあたりで途絶えている。七月二十三日の深夜だった。その後の足取りを辿らせないために電源を落としたのではないか、島崎をはじめ捜査一課の首脳陣は、そう判断した。

そして、問題のタオだ。

軽井沢から戻った暁と福田は、仕事を終えたタオを中署に連れてきて取り調べていると知らされた。取調官は松本だ。七月六日にマイから一度、七月十五日にタオから一度の通信記録があるが、タオは、なにも知らない、連絡をもらっただけと言い張っているそうだ。タオからかけた電話は操作を誤って折り返しになってしまったもので、元気かどうかという短い会話で終わったという。本人の言うとおり、通話時間は一分に満たなかった。

「いつものお姉さんはいないのかと、タオから訊かれた。嵐山なら話をするかもしれない。行ってみるか」

島崎が言う。

はい、と暁はうなずいた。不本意そうな松本と交代する。

タオは狭い取調室で身を縮めていた。暁の姿を認めて、恨みがましい目を向けてくる。

「あなた、ワタシの担当さんじゃないの？」

「マイさんを捜すためにほかの仕事をしていたんです。警察はみんなで仕事をしているから、毎回同じではないんです。でもタオさんが希望するなら、なるべくわたしが伺います。その代わり、タオさんも知っていることを話してくださいね」

暁は、タオの目を見つめながらほほえむ。

「知っていること、なにもない」

「そうですか？　でもマイさんから電話をもらってますよね。さきほどの男性から知らされたでしょう、六月から七月にマイさんが使っていたスマホの記録から、あなたのスマホの番号が出たんです。タオさんは以前、マイさんからの連絡はないって言ってましたよね。どうして正直に言ってくれなかったんですか」

「元気だって、心配しないでって、それだけだったから。それにもう電話つながらない」

タオが怯えた表情で、上目遣いに見てくる。

「つながらないから言っても言わなくても同じ、そういう意味ですか？」

「そう」

「その考えは間違っていますよ。わたしたちは、あなたとマイさんがどんな話をしたかを知りたいんです」

「だから、元気だって言った」

「タオさんはマイさんのことが心配でしたか？　心配じゃなかったですか？」

「心配」

タオがうなずく。

「そうですよね。だったら、どこにいるの、なにをしているの、って訊くものですよね？　マイさんはなんて答えました？」

「答えなかった」

「それでタオさんは納得できました？　ちゃんと教えてって訊きなおしませんでしたか？」

暁は粘り強く訊ねる。タオに、嘘をついてもひとつずつ矛盾を突かれるのだと、わからせなくてはいけない。

「……カイゴという仕事、してるって言った」

「カイゴ？」

「おばあちゃんの世話をしてるって。場所は知らない」

介護か。七十八歳の志麻の見守りや世話は、広く考えれば介護と言えなくもないが。

「ほかにはなにか言ってましたか？　ギアのことは話に出ましたか？」

「聞いてない」

「妊娠しているという話は、してませんでしたか？」

「聞いてない。知らない」

タオは、首を横に振る。

「そう。なにも聞いていないということですか？」

次は縦に振る。

「タオさんは、わたしがマイさんの行方を知らないかと訊ねたとき、知らないと言っていましたね。でも本当は、介護の仕事をしていると知らされていたわけですよね。なぜ、黙っていたんですか？」

暁はもう一度、言い方を変えて黙っていた理由を訊いてみる。タオは答えない。

「嘘はよくないですよ。ひとつ嘘をつかれると、あなたの言ったことが全部、嘘だと思ってしまう。あなたのことを信じられなくなります」

「嘘じゃない。言わなかっただけ」

暁は驚いた。なかなかの詭弁《きべん》だ。タオがこんなテクニックを使うとは。

「じゃあ、どうして言わなかったのですか？」

「やったらいけない仕事だから。ワタシたちは、服を作る仕事をする、仕事は変えられない。そう言われて日本にきた。知られたら、マイが怒られる。マイはあと一年かもうちょっとぐらい、日本にいて働くつもりだって言った。お金もできるはずだから、ベトナムに帰るって」

一年かもうちょっとぐらい、か。そのまま志麻の世話をしながら家政婦代わりに働くという約束になっていたのか、別の仕事を探すつもりだったのか。

「タオさんは、マイさんが怒られないよう正直に話さなかった、ということですね。優しいですね」

暁が笑顔を見せると、タオはほっとしたように息をついた。

「だけど以前、傘を差した女の人のビデオを見せたときには、歩いてるようすがマイさんに似てるって言ってましたよ。そちらはどうして正直に答えたのでしょうか。矛盾しています」

「ムジュン……」

「一方ではマイさんが怒られないようにして、一方では警察に追及されるようにしている。そんなふうに逆のことをしてるという意味です。それはどうしてですか？」

「そんなつもりない。似てると思ったからそう言った。それだけ」

何度か表現を変えて訊ねてみたが、タオは、似ていたから、それだけ、と繰り返すばかりだ。

「じゃあ、今はマイさんからどんな連絡が来ているのですか」

「来てない。なにもない。信じて」

「もう一度言います。嘘をつかれるとあなたを信じられなくなってしまいます。本当に新しい連絡はないのですか？　マイさん、辛い仕事についているかもしれませんよ。タオさんにはだいじょうぶって言いながら、本当はだいじょうぶじゃないかもしれないですよ」

「ない。知らない」

タオは、それ以外の答えを返さなかった。


「本当に知らないのか、よほど言いたくないのか。思ったより手ごわい相手だな」

島崎がため息をついた。

翌朝の捜査会議で報告できるほどの証言は取れなかった。肝心なことを隠しているかもしれないが、重要参考人から電話を受けたというだけでは、タオを留めておくわけにもいかない。中署の女性警察官にアパートまで送らせた。

中署の講堂に置かれた捜査本部に残っている捜査員は、デスク番を除けば、島崎、松本、福田、暁の四人だけだった。事件から一ヵ月が過ぎると他の署から来ている手伝いの捜査員がそれぞれの持ち場に戻り、捜査本部が縮小されてしまう。今は三週間目の後半だ。縮小や管轄署での継続捜査という形ではなく、解決をもって捜査本部を解散としたい。その願いは、今いないものも含めた全員が持っていた。

松本が、「おい嵐山」と睨んできた。

「おまえ、あのタオって女に優しくしてつけ上がらせたんじゃないのか？　あいつ、こっちの話は聞こうともせず、あのお姉さんとしか話したくない、なんて黙っちまったんだぞ」

暁は、そこまでタオに親切にした覚えはない。

言い訳をしようとしたら、福田が先に言った。

「嵐山さんは優しくありませんでした」

福田は、言い方に呆れて眉尻を上げた暁を見てか、コメントを追加した。

「あ、いえ、日本語が正確に伝わらないかもしれないから、ゆっくりと柔らかめに話していましたが、必要以上に甘やかしてはいなかったという意味です」

「松本さんこそ、タオを脅したんじゃないんですか？」

暁が訊く。

「そりゃ脅すだろ。なんの連絡もないなんて嘘をついていたんだ」

不動明王の顔が、より恐ろしげに目を剝《む》いた。

「松本さんのように体格のいい男性から脅されたら怖いですよ。それにわたしだって、マイから元気だと連絡をもらった、介護の仕事をしていると聞いた、一年かもうちょっと働いてから帰国する、ぐらいしか証言を得ていません。話をしないための口実にしたかっただけでしょう」

「たしかにな。なにか言うと、言葉の意味がわからないとばかりに首をひねる。わかっていてとぼけているんじゃないのか」

松本の言葉に、暁もうなずく。

「それはわたしも思いました。こちらが考えているよりも、タオは話の内容をわかっている気がします。今日も、矛盾という言葉は訊きかえされたけど追及は訊きなおさず、会話が成立しました」

我が意を得たりとばかりに、松本が目を輝かせた。

「だろ？　やっぱりおまえ、舐《な》められたんだよ。もっとプレッシャーをかけて吐かせないと。あの女、ギアの行方だって本当は知っているかもしれない」

とそこで松本が、島崎に向き直る。

「島崎係長、タオの通信記録もなんとかして取るべきです。マイのほうに持ち主不明の番号がありましたよね。あれ、ギアじゃないですか。タオの記録に合致するものがないか確認すべきです」

マイと、彼女が最後にかけた持ち主不明の電話番号との間には、それまで何度もやりとりがあった。通じたり通じなかったりしていたが、ギアの可能性が高い。

黙って三人のやりとりを聞いていた島崎が、「わかった」とうなずく。

「タオを揺さぶろう。嵐山のままでは舐められるかもしれないという意見には一理ある。松本、やってみろ」

「はいっ！」

松本が嬉しそうに胸を張っている。

「嵐山、おまえは氏家親子が気になると言ってたな。調べてみろ。ただしひとりでだ。ふたり分の出張費は出せない。明日の捜査会議の報告は福田に任せろ。福田はマイの通信記録の精査、それが終わったら松本と合流だ」

「承知しました」

暁は答える。

松本の見立てていた田神の筋が行き詰まっていることは知っていた。うまくすれば手柄を横取りできる、彼ならそう思っていそうだ。

それでもいいと、暁は考えている。必ずホシを挙げる、その気持ちは持っているが、誰よりも一番でいたいという松本のような熱量とは、少し違う。

暁がついガツガツしてしまうのは、引っかかりを解消したいからだ。放っておくのが気持ち悪いのだ。なにが起こっているのかを知りたい。マイの行方、タオが隠しているもの、氏家親子のうさんくささ、いくつも気になることがある。どれかひとつが解決すれば、連動してほかの疑問もほどけていくのではと思う。けれど自分の身体はひとつしかないから全部は追えない。松本が、福田が、そのきっかけになってくれるなら、自分は残りを解いていけばいい。

そしてなにより、同じことが起きないようにしたい。

警察は事件が起きてからしか動かないとよく批判をされる。個々の事件を見ればそうかもしれないが、その個々の事件の解決を公にすることで次の事件を未然に防げる。暁はそう信じている。

島崎が、「では明日」と先に講堂を出ていった。

「嵐山はとんぼ返りか。ま、おまえ体力があるからだいじょうぶだろ。ヒントを見つけてこいよ。福田、打ち合わせをするから残れ」

松本が福田に指示をした。福田が素直にうなずいている。

講堂から出ていこうとする暁のうしろから、福田が追ってきた。

「嵐山さん。タオのことは逐一報告しますので、安心してください」

「逐一じゃなくていいって。それより松本さんに勉強させてもらいなよ」

福田が「わかりました」と敬礼して戻っていく。

18

早朝、暁が東京行きの新幹線に乗っていると、八巻からメールが届いた。昨日話していた、七月二十三日、二十四日の志麻の行動確認だ。

歌舞伎に同行した友人、宿泊したホテル、不在だった隣の別荘の住人すべてから、志麻の証言に齟齬がないという結果を得たとのことだ。これをもって氏家親子についての捜査はやめ、マイの通信記録と、外国人の不法就労が疑われる先を現場周辺から順に調べていくとあった。通信記録は、昨日島崎から送信してある。ギアと思われる持ち主不明の相手先については、判明次第伝える約束だ。

氏家親子の調べはひとりでやるしかない、と暁は決意を新たにする。

まずは美弥子だ。

病院は以前から同じ場所にあったが、十年前に建て替えられた時点で、名義が父親から美弥子に移っていた。かつては病院と家族で暮らす家がつながっていたが、病院単体になり、美弥子の住まいはマンションに移った。同じ八王子駅の南側の、より駅に近い場所だ。ファミリータイプのマンションだが、近所の住人との交流はほとんどないようだ。家にはあまり居つかないらしく、ほかの住人から得られた情報は少ない。父親が六年前に他界し、そのころは母親の志麻と一緒に住んでいたようだが、今は美弥子ひとりだ、母親はたまにやってくる、という程度だ。駐車場の契約はあり、車はトヨタハリアーのE-Four――電気式4WDだ。冬季の軽井沢に行くためだろう、志麻のボルボも四駆だった。

病院の休憩時間を待って、再び看護師たちを捕まえた。一昨日もひととおりは訊ねたけれど、マイを見ていないという答えしか得られていない。彼女が入院していた七月二十二日、二十三日の看護師当人たちの行動をひとつずつ詰めていったが、覚えていない、外来勤務しかしていないのでわからないと、碌《ろく》な答えが戻らない。最近は患者を入院させることも少ないそうだ。やっと看護師長を見つけたが、二ヵ月近く経っているのだから覚えていないのは当然だと木で鼻をくくった態度だ。出産したばかりの母親が逃げたのにそれはないだろうと追及するも、覚えていないものは思いだせないと堂々としている。

次は軽井沢に飛んだ。駅前でレンタカーを借りる。

別荘地とはいえ、志麻のようにずっと住んでいる、いわば移住者はほかにもいるはずだ。範囲を広げて訊ねてみる。あやふやな答えばかりのなか、ある家に電気の配線工事に来ていた業者に行き当たった。

「氏家さんとこは、去年と一昨年《おととし》は来なかったんだよ。だからもう売っちゃうのかなと思ってたんだけど、今年はずいぶんいるねえ」

暁は驚いた。美弥子は、母親が軽井沢にずっと住んでいるかのような言い方をしていたのに。

「それは本当ですか？　詳しく教えてください。今年はいつからいらっしゃったんですか？」

暁の勢いに気圧されたのか、作業服姿の六十代ほどの男性は、片足をうしろに引いた。

「いつからかは、ちょっとわかんないね。梅雨ぐらいには見かけたけど」

「それ以前に見かけたのはいつですか」

「……だから、ひのふの、三年前じゃないかなあ。夏だけだね。母親と子供がいたっけ。父親もたまには顔を見せてたかな」

「父親？　志麻さんの夫は、六年前に亡くなってるんですが」

男性が目を丸くした。困惑したようすを見せたあと、一転して笑いだす。

「それは氏家の旦那さんだね。たしかにそのぐらいのころに亡くなったかねえ。今いる氏家の奥さんと、亡くなるまえの数年ほどをあそこで暮らしていたよ。俺の言った親子ってのは、氏家さんとこの娘さんと子供だよ。一、二歳ばかりの子で、ふたりで滞在してた。その娘の旦那がたまに来ててさ。たぶん休日だったんだろうね」

娘？　子供？

暁は混乱する。美弥子は独身だと聞いている。だが、まだ戸籍までは確認していなかった。早急に取らないと。いや、八王子まで戻るころには役所が閉庁している。明日だ。

「娘というのはこの女性ですね」

暁は美弥子の写真を見せた。隠し撮りをしたので正面からのものではない。

「そうそうこの子。……なんだか老けたなあ。三年しか経ってないのに」

皺が写るほどアップでもないのに失礼な男性だと暁が呆れていると、彼は「あれ？」と目を細めて写真を凝視した。

「これ、違うね。よく似てるけど、お姉さんのほうじゃないかね」

「お姉さん？」

「氏家さんとこは女の子がふたりいて、さっき言った娘さんってのは、妹のほうだよ。昔は一家揃って来ていて、そのあとはバラバラに来て、娘らが年頃になれば友達とも来ていたんじゃないかなあ。で、旦那さんと奥さんのふたりで住んで……、だったと思うよ。ずっと見ていたわけじゃないけどね。でも三年前に来たのが妹さんだったのはたしかだ。エアコンの修理に行ったんだ。子供ってのが、ちょこまか歩き回るかわいい男の子でね。大人がみんなメロメロになるほど、愛くるしかったよ」

そんな妹、どこにいるのだ。今までの氏家親子の話のなかに出てきていない。

「すみません、その妹さんのことを教えてください。どこに住んでいて、いくつで、なにをしているんでしょう」

暁の勢いに、またもや男性が片足をうしろに引く。

「……いやあ、そこまでは。でも歳は、お姉さんと三つか四つ違いだよ。住まいも仕事も知らない。夏じゅういられるなら主婦じゃないの？　三年前の話だから、今なにをやっているかはわからないけどさ」

「お名前はご存じですか？」

「ええっと、みやこ」

「それは姉の名です。美弥子」

「じゃあ、ことこだ。古都の子と書くって聞いて、はー、お医者先生は、姉妹がセットみたいな凝った名前を付けるもんだなーって思った覚えがあるよ」

苗字は氏家なのか夫の姓になったのかまでは覚えていない、子供の名前もわからないと、男性は言う。氏家家の本宅の住所も、彼が記憶しているのは八王子の病院だった。十年前までは住居も兼ねていた病院だ。

「そのときの伝票、残してませんか？　三年前なら、残すことになっていますよね」

そこから姓がわかるはずだ。

了解を得て、事務所に戻るという男性の車のうしろをついていく。工事の伝票類は、七年前からのものが残っているという。

暁の胸が騒がしい。志麻は、軽井沢にずっと住んでいたわけではない。おそらく、マイと同時か、その少し前にやってきたのだ。

志麻がこちらに来た日はどうすればわかるだろうと、ハンドルを握りながら考える。住民票は移しただろうか。別荘を閉めていた間は管理サービスを頼んでいたかもしれない。その手の会社を片っ端から当たろうか。だがこのあたりは、地元の会社に絞ったとしても数多《あまた》あるだろう。病院などのセキュリティーサービスを担う大手警備会社もその手の仕事を手掛けているから、クリニックのつながりからそちらに頼む可能性もある。

そうだ。志麻の別荘の庭にプランターがあった。野菜を栽培していたという話だ。それまで長く不在だったなら、あれらは新たに購入した品ということになる。苗の状態で買って植えつけたか、プランターごと買ったのか。

男性の車が、ふもとの住宅街まで下りてきた。ただの二車線だが、道がずいぶんと広く感じる。住居らしき家の敷地も、商店の駐車場も広い。家のないところは空き地なのか畑地なのか、植物で覆われている。地方によくある風景だが、不動産を謳《うた》う看板が目立つのは、この地の特徴かもしれない。

電気店の名が書かれた家の前で男性の車が停まった。住宅にプレハブ小屋をくっつけただけの事務所だ。暁は手招きされて、中に入った。壁際の棚に、プラスティックのケースがずらりと並んでいた。新しいものから中古まで、さまざまな部品が入っている。

「あとで近くの園芸店やホームセンターを教えていただけませんか。野菜の苗が手に入るところです。あ、プロ向けではなく家庭用の」

いいよと言われ、ここをどうぞと机を案内された。長年使っているのか、トナーインクの写りこみの残った透明のデスクマットがかかっている。これが古い伝票だとファイルを出された。暁はページを繰る。伝票は取引先別ではなく日付順に並んでいた。どうしても時間がかかってしまう。

三、四十分ほど格闘して、暁は二枚の伝票をみつけた。三年前の一枚は、別荘の住所だった。サインは黒野《くろの》古都子となっている。妹の名前だ。結婚して夫の姓を名乗ったのだろう。

五年前の一枚には、別荘の住所に加えて東京都町田《まちだ》市の住所が載っていた。黒野徹《とおる》という夫らしき名前もあった。検索をすると、町田駅からそう遠くない場所にあるマンションだった。八王子と町田の間は二十キロほどのようだ。電車でも乗り換えなしで行ける。伝票には携帯らしき電話番号も書かれていた。よし、と暁は拳を握る。

早速その番号にかけてみたが、つながらなかった。

伝票を探っている間に軽井沢町《まち》役場の閉庁時刻を過ぎ、志麻が別荘に住民票を置いているかどうかを調べられなかった。けれど八王子のほうから辿れば済む話だ。たぶん、移していないだろう。教えてもらった園芸店の二軒目で、志麻による苗の購入履歴が見つかった。六月十日にプランターに植えられたトマトとキュウリ、オクラの苗と土、プランター、さらにバジル、ローズマリーといったハーブ類の寄せ植えと、室内用のグリーン数点が買われていた。すべて配達されている。これらは、ずっと軽井沢に暮らしている体《てい》を装うためだったのではないか。

誰に対して？　もちろんマイだ。

マイを保護するのに、氏家親子はなぜそこまで手をかけたのだろう。存在を黙っていた妹の古都子の家、もしかしたらマイは、そこにいるんじゃないだろうか。疑問と想像が膨らむ。

気が急く思いで軽井沢駅まで戻り、レンタカーを返してホームに滑りこんできた北陸新幹線に乗った。町田駅を経て該当のマンションを見つけたときには夜九時をすっかり回っていた。窓に多くの灯《あか》りがついている。

ちょうど三、四十代らしき女性が帰宅するところに行き当たった。オートロックの扉の前で警察手帳を示す。古都子は三十七、八歳あたりとのことなので、同世代だ。これは、と思い、訊ねてみる。

「黒野さんですか。ずいぶんまえに引越してますよ」

「あ……そうでしたか。どちらに引越されたかご存じですか」

暁が訊ねると、女性は沈んだ表情で首を横に振った。

「聞いていないんです。いつの間にかいなくなっていて。旦那さんが亡くなるまえから姿の見えないことが多くて。同じ階でしたけど、引越しの荷物もいつ出したのか」

亡くなった？　と暁は思わず大声を出しそうになったが、表情を変えないようにする。

「旦那さんとは、徹さんのことですか？」

「ええ。入院してるって話を聞いてから、そんなに経ってなかったように思います」

「いつのことでしょうか」

「一昨年《おととし》……二年前の今ごろだったかと。たぶん暑い時期だと思うんですよね。喪服姿が暑そうだと思ったから」

「そのあとお引越しをされたということですね」

「はい。時期ははっきり覚えてはいないけれど」

「子供さんも一緒でしょうか。二年前なら二、三歳くらいの」

「ええ。……あら、でもあのころいたかしら、お子さん」

暁は困惑した。あの電気工事の男性は、いたと言っていた。

「いないんですか？」

「いいえ、いたのはたしかです。でもそのころはいなかったと思うんです。きっとご実家に預かってもらってたんでしょうね。幼児と病気の夫の両方の世話は大変だもの」

それ以上のことは知らないと、女性は扉の内に入っていった。

高原から戻ってきたせいもあり、夜にもかかわらず東京の町は暑く感じた。暑さのせいで頭が働いてないいんだろうか、と暁は両の頬を叩いてみた。狐《きつね》につままれたかのような気分だった。

ホテルは八王子市内に取っていた。島崎に報告を入れようとしたが不在で、福田に連絡をした。

「一般に、そういうケースだと実家に帰ることが多いんだよね。実家には財力もあるし、古都子は八王子の近くに住んでいるんだろう。または仕事を見つけて自活しているか。明日、全員の戸籍と住民票から居所をつきとめるよ。捜査関係事項照会書は持ってきている。あとで島崎係長から使用許可を取るつもり」

「嵐山さんは、その妹がマイを匿ってると思っているんですか」

福田が訊いてくる。

「美弥子と志麻の行動が不自然だから、その可能性もあるんじゃないかと思った。ただ、理由がわからない。もしかしたら古都子とマイは知りあいかもしれないとも考えた。まだ接点が見つかってないんだけど」

「美弥子が浮かんだのは、すきにいSHIPからですよね。もう一度、ママさんやホステスさんたちに訊いてみますか？　古都子との接点が見つかるかもしれません。友人から情報を聞いて見知らぬベトナム人女性を同情心で保護した、というよりも、聞いた情報からよもやと思って訪ねたら妹の知人だった、というほうが納得します」

一理ある、と暁は思った。ただし疑問もある。

「じゃあ志麻がわざわざ別荘を整えたのはなぜだろう。なぜ別荘に連れていったのかはわかるよ。他人から訊ねられても、知人を一時滞在させているという答えに納得してもらいやすいし、都会のマンションで同居するより不自然ではなく目立ちにくいからね。わからないのは、ずっとそこに住んでいるかのようにマイに対して装った理由だ」

福田が「うーん」とうなる。

「マイに気持ちの負担をかけたくなかった、ではダメですか」

「古都子が別荘に現れていないのはなぜ?」

「ほかの人に目撃されていないだけで、いたのでは」

「だったら我々に、古都子も一緒にいたと言えばいいじゃない。だが志麻は、古都子の話をまったくしていない。美弥子もだ」

「僕らがしつこいから、関わらせたくなかったのかもしれませんよ」

福田の声に笑いがまじった。暁もつられて笑う。

「言えてる。だけどこうやって調べればわかることだ。いずれはしつこく訊いてやらないと」

タオと同様、古都子もキーマンだ。存在を隠されているということはなにかがある。

「それで、そちらはどうなった?」

福田が「はい」とかしこまった声を聞かせてくる。

「僕は今日、主にマイの通信記録を調べていました。例の相手先不明の番号ですが、トバシ携帯で持ち主は特定できず、五月末から長野県塩尻《しおじり》市で使われはじめてますね。名古屋市中区の公衆電話からの受電が五月三十一日、六月は三日、六日、十日とあり、マイがすきにいSHIPからいなくなったあとはそれが途絶えて、代わりにマイが渡されたスマホからのものを六月十四日から受電しています」

「ギアとみて間違いないね」

「島崎係長もそうおっしゃっていて、あとは戸辺さんに引き継げと言われてそうしました。ちなみに現在は使われていないようです。八月十五日からデータがありません」

「お疲れさま。タオのほうはなにかつかめた？」

「それで――」

暁と福田の声が重なった。「すみません」と福田が断ってくる。

「タオですが、松本主任がプレッシャーをかけています。ＩＭＡＮＩＳＨＩに電話をかけてタオの出勤をたしかめ、終業前に姿を見せてアパートまで尾行し、その後は外で見張っているそうです。今夜は中署の人とですが、明日は僕がひと晩つきあいます」

「松本さんがよく使う手だよ。逃げたりキレたりするのを待っているんだ。以前、ナイフで刺されかけたことがあるよ。逆手にとって、公務執行妨害で逮捕して吐かせていたけど」

田神に対しても、同じ手を使っていた。田神は耐えきったようだ。

「……その技術は学びたくないです」

「タオは刺しやしないって。ただ、逃げるかもしれないから注意して」

「はい。音をあげるのを待つか、逃げたところを捕まえて締め上げるか、松本主任はそう考えているようです。でも下手《へた》に逃げると日本にいられなくなりますよね。それはかわいそうだから、知っていることを全部話してほしいんですが」

なるほど、と暁は思った。不動明王の松本は、悪役を選ぶようだ。

「松本さんがさんざん怖がらせたあとで、福田に優しく説得させる、そんな目論見《もくろみ》なのかもしれないね。タオが、なにかを隠しているのはたしかだと思う。それでさっき、福田はなにを言いかけたの？」

「はい、戸辺さんから伺った追加の情報です。ギアが働いていた建設会社トートーダからの線で、仕事を紹介するブローカーを見つけたそうです。逃げられたあとだったので確実ではないんですが、風俗にも関わっていたようです」

「風俗か。じゃあマイは、そういう流れですきにいＳＨＩＰで働くことになったんだろうね」

「僕もそう思います。ふたりはそのブローカーにカモられたのかもしれませんね。今わかっているかぎりですが、悪い筋の仕事が多いとのことです」

暁は納得した。Facebookの更新がないことからみても、五月中旬の段階でふたりのスマホが売却されたのは、本人たちの行為ではなくブローカーが取り上げて売った可能性が高い。そして、マイがすきにいＳＨＩＰから逃げたということは、その分の負債がギアにいったことになる。

ふたりは一緒にいるのか、それとも別々なのか。

マイが持っていたスマホからギアへかけた最後の電話は、つながらないままだった。

19

八王子市役所で出してもらった志麻と美弥子、古都子の戸籍全部事項証明書と住所履歴を証明する戸籍附票を見て、暁は呆然《ぼうぜん》とした。

黒野古都子は死亡していた。今年、四月のことだ。

美弥子も志麻も、妹の存在を隠していたわけではなく、いなかったのだ。マイと古都子がつながっているのではという筋は、半日も持たずに消えた。

古都子が夫の死後、町田から引越したのは一昨年の十月で、八王子駅の北側にあるマンションに移っていた。志麻の現在の住民票も同じところにある。志麻は、氏家マタニティクリニックと同じ地番から、夫とともに軽井沢に移り、夫の死後に美弥子のマンションで同居し、そのあと古都子の住民票の移動とともに彼女と同居した形だ。

古都子の子供の名前は蒼《あお》、現在五歳。住民票は母親とともに町田から八王子へと移り、今もそのままだ。書類からわかるのは、母親亡きあと、祖母と孫のふたり暮らしということだ。だが軽井沢の別荘に、蒼はいなかった。あのとき通された部屋に、子供のものらしき物品は置かれていなかったし、マイを目撃したという隣の別荘の住人からも話が出なかった。電気工事の男性からのものだけだ。マンションに居ついていない美弥子が預かっているとは思えない。五歳の子供なら大人と一緒にいるはずなのに、いったいどこにいるんだろう。

死亡した父方の祖父母か親戚のところだろうか。それなら筋は通るが、住民票はそのままだ。移しておかないと公共サービスが受けられない。相手方とトラブっているのだろうか。

どうにもわけがわからないと思いながら、暁は志麻たちの住民票があるマンションを目指した。集合郵便受けに名前を入れている部屋はないが、建物の大きさと部屋数からみてファミリータイプのようだ。エントランスの扉はオートロックで管理人の姿はない。同じ階の住人から話を訊こうとインターフォンを鳴らしたが、どこも留守だった。

かろうじて訊くことのできた別の階の住人、何人かの話を総合すると、以前は祖母と母親と子供の三人が住んでいた、しかし長期間いないことがたびたびあった、あまりに長い間母親がいないので気になって訊ねたら交通事故で他界したと言われた、痛ましさにそれ以上のことは訊けなかった、祖母と孫はまだ住んでいるようだが不在がちだ、親しくつきあっている住人はいなそうだ、とのことだ。

そんななかにひとつ、気になる証言があった。

「彼女、妊娠していたと思います」

そう答えたのは、四十代ほどの女性だ。

「それはたしかですか？」

「おなかが大きくなってきてたから、たぶん」

古都子の夫だった徹はすでに亡くなっているし、戸籍上も新たな配偶者はなかった。誰か、心寄せる相手がいたのだろうか。

「彼女のお相手はどんな人ですか？」

「見かけたこと、ないのよ。あの人、シンママだって聞いてたんだけど、美人はもてるわよね」

交通事故であれば、警察にデータが残っている。暁は捜査本部経由で八王子警察署に詳細を求めた。

今年四月十六日の昼すぎ、信号のない交差点を横断中に、脇見運転の車に撥《は》ねられて死亡したという。妊娠七ヵ月だったそうだ。胎児も助からなかった。

担当者が、病院から聞いた話を教えてくれた。被害者——古都子は、自分のおなかを裂いてでも子供を助けてくれと、苦しい息の下で頼んでいたそうだ。本人には伝えないままだったが、車体とぶつかった時点で胎児は亡くなっていた。

母親と姉が駆けつけたものの、間もなく息を引き取ったという。母親は泣き崩れ、姉は怒りなのか険しい顔をしていたそうだ。

暁は島崎に報告を入れた。

島崎は、「なるほど」と納得の声を出す。

「それがマイを保護するという行動のきっかけになった、ということじゃないか？　すきにいSHIPから連れだした六月時点だと、だいたい同じくらいの月数だろ。氏家側の言動に合理性はあるぞ。遺棄された嬰児と結びつけなかったのはマイを信じていたか保身のどちらかだろうし、別荘を整えたのは安全で健康的な生活を送らせたかったからだろう。マイが逃げた理由まではわからないが、これ以上氏家側からマイを捜しても見つからないのではないか？」

「でもまだいくつかの疑問があります」

「疑問？」

「古都子の息子の蒼はどこにいるのか。おなかの子の父親は誰か。八王子署によると、それらしき男性は病院に現れなかったそうです」

「その疑問は、マイの行方とは関係のない話だ」

暁もわかってはいた。だがどうにも引っかかっているのだ。

「よし、戻れ。タオはまだ粘っている。松本が彼女の出勤前に部屋に行き、そのままIMANISHIまでついていったが、いくら話しかけても答えてくれなかったとのことだ」

「夜も見張っていると、福田から聞きました」

「ああ。岐阜南署に、不審な車がいると通報があったらしい。事情を説明したらわかってくれたが、アパートの半数が外国人とあって、気になった近隣の住人がいたんだろう。プレッシャーを与えるのはいいが、これ以上、余計な時間をかけるわけにもいかない。タオの逃げ込み場所になれ」

「その役目、松本主任は福田にやらせる予定だと思います。福田のためにもやらせてみるべきでは」

「わかってはいるが時間が足りない。おまえは現時点で信頼関係がある」

戻れともう一度島崎から告げられて、電話が切れた。


名古屋駅で新幹線を降りると、ビルの間から傾いた日が差してきた。思っていたよりも暑く、ホームは湿度でむわっとしている。九月が半分過ぎたとは思えない。だが、下旬になれば事件が発生して一ヵ月となる。時間が足りないと島崎が言うのも当然だ。磯部の言葉にも毒が多くなっているだろう。

暁は中署の捜査本部に戻った。報告書をまとめているうちに、外はすっかり暗くなっていた。駆け足に日が落ちるそのようすは、なるほど秋という気がしないでもない。

暁のスマホが鳴ると同時に、捜査本部の電話も鳴った。

「嵐山さん、た、大変です。タオがアパートの窓から転落しました」

焦る福田の声が、受話口から飛び出した。捜査本部の電話を取ったデスク番も「え？」と大声を上げている。同じ内容とみていいだろう。

「自殺を図ったということ？」

それとも逃げようとしたのか。

「事故です。窓の手摺りごと、背中から落ちたんです。今、病院に搬送中で、意識不明です。救急士の呼びかけに反応を示しませんでした」

そういえばと暁は思いだす。部屋を訪ねたとき、タオは腰高窓に座って手摺りにもたれかかり、涼を取っていた。今日も帰ってから同じことをしたのだろうか。あの手摺りには錆が浮いていた。何度も体重をかけられていればガタもくるだろう。結果、手摺りが壊れて、そのまましろに倒れこんだのか。

窓の下は、コンクリート敷きの駐車場だったはずだ。

タオはなんの証言もしないまま、死んでしまうのだろうか。

20

暗いなか、岐阜南警察署による鑑識が入った。手摺りは、外壁に接続のための部品をつけて、そこに手摺りの本体をつけるという後付け構造だった。壁につけた接続部品は残っていたが、接続部品と本体とをつなぐボルトが折れたり曲がったりしていた。落下の衝撃でひしゃげた本体には錆が目立ち、桟も曲がり、何本かは千切れ飛んで、地面にばらけている。

ほかの部屋の手摺りも調べられた。桟が取れたまま修理されていない手摺りや、ボルトの一部が取れたものが見つかった。鑑識の担当者が、アパートの管理に問題があると呆れていたと、そんな話が伝わってきた。

松本と福田は、事故を目撃していた。

松本はＩＭＡＮＩＳＨＩから帰宅するタオとシュアンを徒歩で尾行し、福田は車をアパート前へと回していた。合流後、タオが窓を開けてそこに腰かけるさまを見ていたところ、いきなり落ちたのだという。シュアンは室内にいたが、落ちた瞬間は見ていないらしい。冷蔵庫のなかを覗いていたら、悲鳴が聞こえたと言っているそうだ。

「シュアンは窓のそばにいなかったと思います。彼女は泣きわめいていて碌な聴き取りができなかったのですが、もし彼女が突き落としたのなら、手か身体の一部が、我々からも見えていたはずです」

捜査本部に戻ってきた松本が言う。

「本職もそう思います。タオは、手摺りにもたれかかって落ちたように見えました」

福田は青い顔をしていた。ふたりは、岐阜南署の捜査員にもそう証言したという。その後、鑑識の結果などを教えてもらったそうだ。

アパートの住人たちも聴き取りをされていた。といっても三階の残りの部屋は留守で、二階の日本人家族と中国人女性、一階のブラジル人家族の三組だけだ。どちらもタオたちとの交流はなく、音に驚いたという程度の答えだったとのことだ。

「それで、タオの回復は望めるのか?」

島崎が問う。

「落ちたところにスーパーのカートがありました。それがクッションになった形です。医師の話によると首の損傷はないとのことで、検査待ちの項目はありますが、いずれ意識は戻るはずだと。ただ、いつになるかはわからないようです」

松本が深い息をついた。

スーパーのカートは、暁たちが最初にアパートを訪問したときからすでに駐車場に置かれていた。モラルの低い住人の誰かが持ってきたのだろうと話していて、そのときはタオたちの部屋の真下にはなかったように記憶しているが、風で動いたか、誰かがどけるなどしたのだろう。まさかこんな人助けをするとは、持ってきたものは考えもしなかったはずだ。

「伊佐治はどうしてるんですか、隣の部屋の。タオの恋人ですよね」

暁は、松本と福田の両方を見ながら訊く。

「我々が岐阜南署の捜査員と話をしていたときに帰宅した。事故の三十分後くらいだ。病院に行くと言ってそのまま出ていった。シュアンが懇願してついていったが、ふたりともすぐに帰されたそうだ。いつ目が覚めるかわからないから待たないでくれと」

松本が答える。そして苦笑した。

「なにが起こって、今、タオがどうなっているのかと、すごい勢いでまくしたてられたよ。まるで我々が事故を起こさせたかのようだった」

福田も続ける。

「あの男、嵐山さんと僕が聴き取りをしたときは無気力の塊《かたまり》みたいだったから、今日はちょっとほっとしました」

「そりゃあ、恋人が大怪我をすれば感情も出すだろ。それで、まくしたてられたとは、具体的になにを言われたんだ?」

島崎が松本に訊ねる。

「我々がタオを監視していたことに対する文句です。なぜ彼女を疑っているのかと」

「答えたのか？」

「いいえ。タオが話しているかもしれませんが、こちらからはなにも言っていません。捜査上のことなので、で通しています」

暁は、「あの」と口をはさんだ。

「今の話、気になります。福田が言ったように、伊佐治は無気力で、他人に関心を持っていませんでした。タオについても、どこか醒めたようすで話していました。タオの具合はともかく、なぜ彼女を疑っているのかについて、どうしてそこまでこだわるんでしょう」

「それは……、タオが心配だからでは」

福田が言う。

「でも、タオにマル害を殺すことはできません。彼はなにを心配したんでしょう」

島崎と松本が、険しい表情で目を見合わせた。暁は続ける。

「田神、近藤、伊佐治。三名はともにマル害と飲みに行き、そろって先に帰宅。その後のアリバイは、三人とも家族や恋人の証言に頼っている。けれどその三人のうち、犯人ではないかと目されたのは田神ですよね。それは田神に動機があったからでした」

「ああ。近藤はコンビニで棚の商品を落とすほど飲酒量が多く、車を運転して戻るとは考えづらかった。伊佐治は恋人以外にも証人がおり、直前まで飲酒をしていて、マル害とは田神を介した薄いつきあいだ。一方で田神は元恋人のことで動機があり、飲酒量も少ない」

松本が、内容を確認するように指を折っていた。

「犯行が可能か、という条件だけでみると、それほど違いがないように思います。飲酒による影響も、その自覚には個人差がありますよ」

暁はふたりを見据える。

「しかし条件が同じであれば、この三人の場合は動機の有無が問題になるだろ」

島崎が、考えこみながら言う。

「我々が調べ切れていないのかもしれません。そこで出てくる内容によっては、伊佐治がタオを事故に見せかけて殺そうとした可能性も、ゼロではありません」

「だが、タオは伊佐治のアリバイを証言しているひとりだ。そこはどう考える？」

島崎の質問に、暁はうなずいた。

「だからこそです。タオのアリバイ証言は嘘だったのではないでしょうか。我々に食いつかれたタオが自白するまえに始末しよう、と伊佐治は思ったのでは。手摺りに細工がされていないかを、調べる必要があります。タオはよく、あそこにもたれかかっていました。そのことを伊佐治も知っているはずです。窓の下はコンクリート、スーパーのカートがなければ彼女は死んでいます」

「……伊佐治ならタオたちの部屋に入れそうですね」

福田が声を震わせながら言う。

「島崎係長」

三人が揃って、島崎の顔を見た。島崎が首肯する。

「松本、福田、おまえたちはタオが不在だった時間に、アパートを見張っていたか？」

「いいえ」

「わかった。岐阜南署に頼んで落下物を見せてもらおう。うちの鑑識も入れたい。管理官に相談する」

島崎が磯部に電話を入れている。やりとりのようすを見ていた暁は、松本から声をかけられた。

「嵐山おまえ、ギアとマイが犯人だと考えてたんじゃないのかよ」

「考えていました。今もまだ引っかかっています。だけど今回の事件の鍵を握っていたのはタオでした。タオに自覚があるかないかは別にして、こちらを誤誘導していたと気づいたんです。そして、タオがそうした理由は」

「伊佐治ということか」

松本が不動明王もかくやという厳粛かつ険しい表情で言う。

「はい」

「証拠も動機も、まだ全然わかってないんだぞ」

「調べましょう。あの無気力な顔の下にあるものを」


磯部管理官と山城一課長、さらに上の立場となる刑事部部長にも願いでて、岐阜南署に頼みこんだ。うちの鑑識作業が甘いとでも言うのか、と反発されかねないからだ。相手の顔を潰さないよう、礼を尽くさないといけない。

どのような話し合いがなされたのか、暁たちには結論しか下りてこない。

翌日、再び鑑識作業が愛知県警により行われた。落下物も確認させてもらった。手摺り本体の錆び具合は、ほかの部屋のものと同様だった。だがボルトを詳細に調べると、不自然な部分があった。いくつものボルトがネジ先で曲がっている。つまりボルトが浮いていたのだ。また、千切れたボルトの破断面も不自然だった。金属疲労が起きたのなら、それまで力を受けていたところに亀裂が入っている。錆びた末に折れたのなら破断面にも錆びの侵食がある。しかしそれらがなく、切り込みを入れたらしき平らな跡があった。明らかに人の手が入っている。

誰がそれを行ったのか。

可能なのは、シュアンか伊佐治だ。タオ転落直後に見せたシュアンの錯乱状態からは、細工をしたとは考えづらい。片や、伊佐治は建築資材に関する知識も道具も持っている。

だがそんな推論では逮捕できない。タオたちの部屋から伊佐治の指紋は見つかったが、ボルトには残っていなかった。

21

タオは意識を取り戻したがまだ面会が許されず、本人は医師に、座ったら突然身体の支えがなくなり、なにが起こったのかわからない、と言っているとのことだ。右上腕骨と肩甲骨と肋骨《ろっこつ》を骨折、骨盤に大きめのヒビが入っているという。

タオの転落から二日後の捜査会議で、松本が調べてきた伊佐治の経歴がつまびらかにされた。

「伊佐治の実家は岐阜市内でＩＭＡＮＩＳＨＩより歴史のある縫製工場を営んでいましたが、高校二年生のときに工場に火事が出て両親と祖父が他界。伊佐治は母方の親戚にあたる田神家に身を寄せ、八歳下の妹は父方の親戚に引き取られました。保険金は入ったものの工場の運転資金になっていた借金で消え、残りはタガミ建設の社長……田神輝樹の父親ですが、その彼がいったん肩代わりをして、伊佐治は学校をやめてタガミ建設で働くことになりました」

「その火事にマル害が関わっているということはないですか？」

磯部が口をはさむ。松本が「いえ」と短く答えた。

「機械の不備が原因で起こった失火です。即死ではなかったので、本人たちの証言も残っています」

「そうですか。失礼しました。続けてください」

「はい。それで伊佐治ですが、小学校のころから成績がよく、高校も進学校に通っており、当時の教師によると難関大学も視野に入るほど優秀だったそうです。金銭面での理由とはいえ、中退は悔しかっただろうと言っていました。そんな伊佐治が今は、素行も成績も悪かった田神に顎で使われている、納得のいかない気持ちはあるでしょう。屈折した思いを抱いているのではと想像します」

あの無気力で無関心なようすは、そういった経緯からきているのかと、暁は思った。隣で福田もうなずいている。

「しかしその動機ではマル害に結びつかないぞ。田神が殺されたというならともかく」

島崎が言う。

「そうなんです。マル害の横柄さに腹が立つ、そんな気持ちはあるでしょうが、その程度で人を殺すとは思えない。田神が命令し、伊佐治は実行役を担ったと、そうも考えたんですが、殺人を肩代わりするほどの絆《きずな》は感じられません。脅されてやったのだとしても、そのネタが伊佐治の周りから見つからない。マル害たちに誘われて出ていくほかは、ほぼ、職場とアパートを往復しているだけの毎日です。ここからはシュアンの証言なので彼女が来日してからの話になりますが、タオとも部屋で会う程度で、デートらしいデートはめったになかったもようです」

「金かもしれませんね。田神の父親に肩代わりしてもらった借金は、どうなっていますか」

磯部が問う。

「タガミ建設の経理を担っている田神の姉に確認しました。毎月の給料から少額ずつ返していて、そろそろ終わりが近いようです」

それでは理由として弱いと、集まっている捜査員たちが同じ思いを抱いた。

「なるほど。もう少し広げてみる必要がありますね。引き続きお願いします」

犯人逮捕という光明《こうみょう》が見えてきたためか、穏やかさを保った磯部の言葉に、松本が「はい」と深くうなずいた。

「次。嵐山と福田。マル害殺害当夜における伊佐治の行動を確認したのは、おまえたちだったな」

島崎が指示をしてくる。

「はい。伊佐治はコンビニ、田神、近藤の家、と順に経由して帰宅し、隣室のタオとシュアンを訪問。ビールを飲んで談笑し、自室に戻って寝た。それが本人の証言です。壁が薄いため伊佐治のいびきの音が聞こえた、と言ったのがタオです。伊佐治の訪問が二十二時ごろ、自室に戻ったのが二十四時——零時ごろ、いびきの音が深夜二時と。犯行時刻が一時二十分なのでアリバイが成立していますが、伊佐治のいびきだと言っていたのは、タオだけです。シュアンはタオのいびきではないかと言い、タオが伊佐治だと主張したんです」

「その部分の証言が嘘だったとしたら、犯行は可能ということですね」

磯部が確認してくる。

「はい。深夜二時という時間を答えたのもタオです。そしてもうひとつ。シュアンに確認したのですが、伊佐治は彼女たちの目の前で缶ビールのタブを開けていません」

「どういうことだ？」

島崎が首をひねる。

「ビールの缶の中身を、ノンアルコールビールにすりかえていた可能性があるのではと思いました。シュアンによると、彼女たちがポテトチップスなどのおつまみを用意している間に、伊佐治は五百ミリリットルの缶ビールに口をつけていたそうです。来訪時にタブが開いていたかどうか訊ねたところ、なにも気づかなかったと。彼は缶ビールをちびちびと飲んだあとは、缶コーラを飲んでいたとのことです」

「飲酒運転でもないかもしれないのか」

松本が、驚いた顔で暁を見てきた。

「酔って寝た、という証言をしたかったのではないでしょうか。これから人を殺しにいこうというときに、飲酒運転で捕まえられては困りますし。二十四時ごろに自室に戻ったと見せかけて出かけ、一時ごろに現場近くで待機。どうやって落ち合ったかはわかりませんが、マル害を殺害して帰宅、そう見立てられます」

「証拠は」

島崎が鋭く訊ねる。

「……ありません。ビール缶も、もう捨てられているでしょう。今までの捜査では目撃者もＮシステムのデータも出ていないので、タオの証言頼みになるかと思います」

「そうすると、かなり計画的に犯行を組み立てていることになりますねえ。けれどマル害以外の三人が先に帰れたのは、田神の細工ではなかったですか?」

磯部が訊いてくる。田神が父親に連絡を入れさせる形で、「翌朝の仕事がある」と嘘を言ったからだ。

「はい。けれど何度かその方法で飲み会から逃げていました。タイミングが合ったときに実行する、そう決めておくことは可能かと思います」

暁は胸を張る。

「共犯の可能性は考えましたか?」

「田神は松本主任の追及に口を割りませんでした。また、伺った伊佐治の経歴からみて、田神を頼るようには思えません。反発心のほうが強そうです」

磯部が納得したようにうなずいた。

「よし。ではタオが回復したらおまえが訊け」

島崎が命じる。

「はい。承知しました」

「あとは動機ですね。ここを詰めないと伊佐治は落ちませんよ。肩代わりしてもらった借金はほぼなくなっているということですが、マル害や田神になにか弱みを握られていなかったか、もっと細かく調べるべきでしょう。それと、父方の親戚に引き取られたという妹はどうなっていますか?縁が切れてしまったのですか? そこを抜かしては不完全なままですよ。自覚していますか」

磯部が、ちくりと刺しながら松本に発破をかけている。

「申し訳ありません。その親戚一家が引越してしまったせいで、まだ居所をつかめていません。早急に」

松本が背筋を伸ばす。島崎が続けた。

「傘の女かもしれない。急ぐのは当然だが、悟られないように調べろ」

まだわかっていないことは多い。だがようやく端緒がつかめてきたと、一同の表情は明るかった。

翌々日の夕刻、やっとタオとの面会が許された。連絡をもらった暁は、福田とともに病院に向かった。

タオは骨盤にヒビが入っているため、一、二週間ほどはベッドから動けないらしい。固定した姿勢を保つ必要があるため、寝たままの状態で聴取をすることになった。暁は、そばに用意された椅子には座らず、ベッドガードの脇に立つ。福田が背後に控えた。

「具合はどうですか?」

暁はタオを覗きこんで、笑顔を見せた。

「たくさん痛い、ワタシ、元に戻る?」

「お医者さんに任せましょう。あなたができることは、出された食事を全部食べて、必要なリハビリをがんばることですよ」

ふう、とタオはため息をつく。暁は訊ねた。

「窓のところに座ったことは覚えているんですね」

「うん。いつもみたい、手摺りにぐいっとしたら、ぐらっ、ふわんってなった」

「それまでは、手摺りはぐらついていなかったんですか？　しっかりしていたかという意味です」

タオは考えこんでいる。

「わからない。考えたことない」

「今まで考えたことがなかったのは、ぐらついていなかったからじゃないでしょうか。どうしてぐらついたのか、わかりますか？」

「わからない」

「今から言うことは、とても大事なことです。落ち着いて聞いてください」

暁は声の調子を改める。タオが小さく「はい」と答えた。

「誰かが手摺りに細工をしたんです。だからぐらついたんです。その人は、タオさんがあの窓に座ると知っている人、部屋に入っていても怪しまれない人です。心当たり、ありますよね」

「……いいえ」

暁は、タオの顔を見つめた。タオは怯えたように、神妙な表情をしている。

「自分が殺されかけたことを、わかっていますか。タオさんが今生きているのは、スーパーのカートの上に落ちたから。カートがなかったら頭を打って死んでいました。なぜ殺されかけたかというと、あなたのついた嘘のせいです。あなたが嘘をついて庇《かば》った相手は、そのことで逆に、自分のやったことをあなたに知られていると気づいたんです」

タオの目から、ゆっくりと涙が溢れてくる。

「八月二十五日の夜のことを、もう一度訊きますね。伊佐治さんが部屋に来たのが二十二時ごろで、帰っていったのは二十四時ごろ、いびきの音を聞いたのは深夜二時ごろ。あなたはそう言いました。

それは本当のことですか？」

「そう思った……だけかも」

自信なげに、タオが小声になる。

「思っただけ？　あなたはトイレに起きたと言っていましたよ。時間も二時だと、はっきり言ったでしょ」

「……言った」

「それは本当のことですか？　それとも、嘘？」

しばらく宙を見つめていたタオが、震えながら言った。

「…………嘘です」

「伊佐治さんを警察に疑わせないために、見ても聞こえてもいない嘘をついたんですね？」

「見た」

「え？」

質問するのは暁、そう取り決めていたけれど、背後の福田からも同じ言葉が聞こえた。

「見た。トイレ、三時ぐらいだった。車の音がした。外を見たらイサジが、車、出てきた。どうしたんだろうと思った」

「彼が帰ってきたところを見ていたんですか？」

冷静な声を装いつつも、暁は興奮していた。

伊佐治は車で行動していた。しかも帰宅は午前三時だ。アリバイは崩れたのだ。

「うん。その次の日、ワカシャチョーが殺されたとみんなが言ってて、イサジがやったと思った」

再び、どういうことだ、と疑問が湧いてくる。

「あなたはただ、伊佐治さんが帰ってきたのを見ただけでしょう。それだけでどうして、彼が若社長を殺したと思ったんですか」

22

その夜、伊佐治を任意同行で中署に呼んだ。タオが事件の夜の証言をひるがえしたと伝えると、観念したようすで素直にやってきた。

取調官を担当するのは島崎だ。タオから話を引きだした暁が、当夜の流れを知っているという理由で記録係として補助に抜擢《ばってき》された。松本は悔しそうにしていた。松本もまた、探りだしてきたことがあったからだ。

「十四年前に別れた妹が、看護師になっているんだね。この春から、今西信宏が入院する病院に勤めはじめたことがわかっている。今西龍宏は、どこかの時点で伊佐治さんの妹だと気づいたんだね。そして紹介しろと要求してきた」

島崎は、松本が取ってきた動機から突くことにしたようだ。その方針は当たっていた。伊佐治の目の色が変わっている。

「…………あいつ、……龍宏は高校、大学、それから東京で勤めていたころの武勇伝を語っていた。マイのことも、オレはタオから聞いて知っている。絶対に妹に近づけてはいけないヤツだ。オレが紹介を渋って何度もかわしていたら、アパートの部屋にまでやってきて、妹の住む寮をつきとめたと騒いだ。紹介しないなら勝手に襲うぞという意味だ。そのときに、タオに聞かれたようだ。龍宏は居丈高に怒鳴っていたし、壁も薄い。タオに心配された」

「それで、今西を殺そうと思ったのか?」

「……ああ。龍宏のやってきたことを考えたら、逆に感謝してほしいくらいだ」

軽蔑するかのように、伊佐治が笑った。

「きみのやったことは殺人だよ。今西のやってきたことより重罪だ。わかっているのか?」

「は? レイプだって殺人だろ。タオから聞いたが、あんたたちはマイが妊娠していると伝えたそうだな。それ、あいつのせいだろう。マイはその子供を始末したんじゃないか? ほかの被害者だってそうしたかもしれないだろ。妹を被害者にするわけにはいかない」

伊佐治がきっぱりと言う。

「マイの子供の話はおいておこう。きみは妹さんのために殺人を犯した。それは認めるね。妹さんが、今西を殺害現場まで連れてきたのかな」

「ふざけんな。妹に関わらせるわけがないだろ。オレが勝手にやったことだ。妹はなにも知らない。伯父の養子になったからオレとは無関係だ。家族じゃない」

伊佐治の口調が荒くなった。

一瞬、島崎の表情が憐憫《れんびん》を帯びた。松本によると、伊佐治は妹の看護学校の学費を援助していた。借金を返し、妹のために稼ぎ、なるほどあの古いアパートに住み続けていたのはそのせいだったのだろう。自分のためには金を使わなかったのではないか。

「今西が最後の店を出てから殺害されるまでの間に、女性が近づいてきている。傘で顔は見えないが、その映像が防犯カメラに残されているんだ。その女は誰だ？」

「知らない。関係ない」

伊佐治が首を横に振る。

「関係なくないだろう。女に連れてきてもらったんじゃないのか」

「そんなことはしない。龍宏がバカだから、ほいほいやってきただけだ」

「なるほどバカだからか」

島崎がかすかに表情を緩めた。

「じゃあどんなふうにバカなのか、わかりやすく説明してくれないかな」

伊佐治が鼻で嗤っていた。

「だいたいの時間と場所を決めて迎えにいく約束をしていた。以前話したと思うが、タクシーで帰ると言っていたくせに呼びだされたことがあった。そのとき断ったお詫びに、今回はあらかじめ近くで待機していると伝えた。輝樹や近藤に知られると彼らからも都合よく足にされるから、黙っていてほしいと頼んだ」

「……それだけだったのか」

島崎が驚いていた。ノートパソコンで供述の記録を取っていた暁も、思わず叩くキーを誤る。

「エアタグも鞄に仕掛けておいた。相手の場所がわかるアレだ。もちろん回収している。本当は、電話がかかってくるまえに龍宏を見つけたかったんだ。だが、すんでのところでかけられてしまった。警察は、電話の相手が誰なのかを調べるんだろ。下手に出て、オレのいた場所がわかっては困ると思って出なかった」

「スマホと財布を持っていったのはきみだね」

伊佐治は、目だけを島崎へと向けた。

「足のつくデータが入っているかもしれないと思って、スマホは盗った。その場で壊して帰りに木曽川に捨てた。だが財布はなかった」

「なかった？」

島崎が訝っている。

「強盗だと思わせるために持っていこうと思ったけど、なかったんだ」

「本当に？　なかなかの金が入っていたことは知っていたよね」

「ないものは盗れない。信じられないか？」

伊佐治が煽るように言う。島崎がゆっくりと首を横に振った。暁はふたりのようすを見守る。

「すまない。信じるよ。それで、スマホを盗るまえに今西を殴ったわけだよね。なにで殴ったのか、覚えているかな」

伊佐治の話が本当かどうかはあとから調べればいい。島崎は、ここは相手にしゃべらせようと考えたのだろう。あっさりと謝って、続けた。

「バールだ。仕事用の道具」

「ほかにはなにをしたんだ？　すぐにその場を離れたのかな？」

「頭を割る前だけど、時計を壊して止めた。タオたちの部屋で酒を飲んだあと寝ていたことになってるから、死んだ時間を確定させたかった」

「では今西を襲った時刻は時計が止まっていた一時二十分ではなく、もう少し早いということかな?」

「多少程度かな。電話がかかってすぐに見つけて、周りに誰もいないことをたしかめてから襲った」

考えこむこともなく、伊佐治が答える。龍宏が電話をかけた時刻は、一時十七分だ。

「そのことで疑問があるんだ。きみがタオたちの部屋を出たのは二十四時ごろ、そこからきみは現場までやってきた。深夜なら車で五十分から一時間くらいとみている。一時二十分で時計を止めたとしても、アリバイにはならないよね」

「分単位でみるならそうだろう。だが、人はそんなにギリギリの時間を縫って動くものでもないし、龍宏を見つける時間も必要だと思うはずだ。酔って寝ていた時間だと思われればいい、そういうつもりだった。だいたい、深夜の一時二時にアリバイがあること自体が不自然じゃないか。それをタオが小細工めいた証言をしたせいで、かえって疑われてしまって」

伊佐治が不愉快そうに眉をひそめる。

「それは、きみのいびきを二時ごろに壁越しに聞いたという証言のことだね」

「ああ。わざわざ伝えてきた。いびきが聞こえた気がしたからそう答えた、なんてわざとらしくな。さっきあんたが訊ねてきた防犯カメラの女のこともだ。若社長を殺したのはギアじゃないか、マイが関わっているかもしれない、そんなふうに言ってきた。自分がオレの嫌疑を逸らしてやっているとばかりに脅してきたんだ」

「脅してきた? それは、脅迫されたという意味なのかな。なにを要求されたんだい」

島崎が、さあ聞いてやるぞ、と言いたげに目を見開き、伊佐治の顔を覗きこんだ。

「ベトナムの家族に会ってほしいと言われた。恩を着せて、結婚を迫ってきたんだ」

「迫ってきたもなにも、彼女は恋人だろう？」

「今だけだ。たまたまそうなっただけだ。以前から、日本人の男を捕まえて結婚したいと思っているのが透けて見えていた」

そう思っているのになぜ別れないのだ、と暁は呆れる。タオが帰国するまでの関係とでも思っていたのか。それは、龍宏がやってきた女性への扱いとたいして変わらない。

「なるほどね。それで、我々が彼女に接近したものだから、本当のことを話されるまえに永遠に黙ってもらおうと思ったのかね」

島崎が目を細めて、伊佐治を見据える。

「……余計なことを言わなければよかったんだ」

伊佐治の口調が、わずかに重くなった。龍宏を殺害したと認めたときの、やってやったという誇らしげな反応とは違っている。少しは申し訳なく思っているのだろうか。せめてそうであってくれればいい。

「そうか。今西を殺したのは今西に非があり、タオを殺そうとしたのもタオに非があると、そういう考えで犯行に及んだわけだ。きみは、自分には非がないと思ってるのかな」

島崎の言葉に、伊佐治が黙り込む。

「タオには……悪いと思っている。……だが龍宏に対しては思っていない。あいつはクズだ。百人いたら百人がクズだと認めるだろう。あいつを殺したことを反省する気はない」

伊佐治が、龍宏を強い口調でののしりだした。いつも無気力で無関心なようすだったが、その下に鬱屈したものを持っていたことが伝わってくる。

親が死ななければ、実家の工場が潰れなければ、自分は今、別のところにいたのだ。龍宏ごときとは関わることのない人生だった。伊佐治はそんな愚痴を続ける。

島崎は、ひとつひとつに相槌を打ちながら聞いていた。

取り調べに休憩が入った。松本が見張りにつく。外に出てきた暁と島崎に、福田が寄ってきた。彼らはマジックミラー越しにようすを見守っていた。

「伊佐治は、僕らがタオに張り付いていたのは八月二十五日に関する証言に疑問を持ったからだと考えているんですね」

福田は憤慨したようすで言う。

「そのようだな」

島崎が、ミラーの向こうにいる伊佐治にちらりと目をやった。

「本当はマイの行方を隠していると思っていたからなのに。伊佐治は自滅したんですよ。あいつ、自分を賢いと思っているようだけど、正直、バカじゃないですか。島崎係長、なぜはっきり言ってやらないんですか」

「言って溜飲《りゅういん》を下げたいか？　伊佐治のタオに対する態度が腹立たしいか？」

「もちろんですよ。ねえ嵐山さん」

福田に同意を求められた。暁はわずかにうなずく。

「その気持ちはあるよ。彼はあまりにも身勝手だ。ただ」

「嵐山。俺が言わない理由を説明できるか？」

島崎が振ってくる。

「はい。今それを言うと、供述が止まる恐れがある。伊佐治はマル害に対する怒りが強いため、素直にしゃべっている。下手に自信を失わせないほうがいい」

暁の回答に、島崎がにやりと笑った。

「そう。言うなら最後だ」


記録係を松本に代えて、さらに詳細を詰める取り調べを行ったが、伊佐治は傘の女と財布については知らないと一貫して主張していた。特に、妹が傘の女ではないかと再度訊ねられたときは、暴れだしかねないほど興奮していた。

翌日、暁は再び病院まで、タオの供述を取りに行った。

龍宏が伊佐治に妹を紹介しろと脅したのを聞いていたこと、そのため伊佐治の犯行だと疑ったこと、伊佐治は酔うと目元が赤くなるため、八月二十五日の夜に彼が飲んでいたビールはノンアルコールではないかと感じていたこと、その後の彼の行動について嘘をついたこと、などの証言を得た。

「タオさん、あなたはそのことで、伊佐治さんを脅すようなことを言いませんでしたか」

暁の質問に、ベッドに横たわったままのタオの目が、信じられないと言わんばかりに見開かれた。

「……そんなつもり、ない」

「では、あなたがわたしたちに、伊佐治さんのいびきが聞こえたと話したことや、防犯カメラに映った女性について、彼に話した覚えはありますか？　どんなふうに言いましたか」

タオの答えは、伊佐治から聞いたものと同じだった。

脅されたと感じたのか、ただ気遣いを伝えたつもりだったのか。ふたりの解釈には、大きな隔たりがあった。

「ワタシ、ただ、イサジに捕まってほしくなかっただけ。イサジとずっと、一緒にいたかった」

その言葉も、タオとは一定の距離を置いておきたい伊佐治としては、結婚を迫られたと取るだろう。

「マイさんについて、もう一度訊きますね。さっきの防犯カメラの話です。タオさんは、わたしが傘の女性の映像を見せたときに、歩いてるようすが似てると答えましたよね。あれは先日答えたように、本当にマイさんだと思ったからだったんですか？　それとも伊佐治さんに捕まってほしくなかったから嘘をついたんですか？」

「……嘘、つきました。ごめんなさい」

やはりそうか。友人より恋人というわけだ。

「伊佐治さんの代わりに、マイさんが捕まってもいいと思ったんですか？」

「マイ、捕まらない」

「それはどうして？　マイさんが今どこにいるかを知っているんでしょうか」

「知らない。でもマイはおなかに子供いる。すぐにあれがマイじゃないとわかる」

タオの言葉に、暁はしばらく二の句が継げなかった。

伊佐治に疑いの目を向けさせたくない、その気持ちだけで警察を振り回していたのか。

「妊娠のこと、やっぱり知ってたんですね」

「ごめんなさい」

怒りの気持ちが湧いてきた。タオが元気であれば、詰め寄りたいところだ。

「最後まで、妊娠について知らなかったと言い張っていたのは、あの映像の女性がマイさんと似ていると言った嘘がバレるからですね」

「ごめんなさい」

暁の口から、ついため息が漏れた。

「タオさん、知っていることを全部話してください。七月に来たマイさんからの連絡は、元気だということだけじゃないはずです。どこにいるか、なにをしているか、ギアはどうしているか、そんな話をしていたでしょう？」

暁はタオの目を見つめる。タオは涙で潤む目で、見返してきた。それでもまだ黙っている。

「タオさん。マイさんを見つけたくないの？」

「……場所は、言ってくれなかった。緑が多いところ、景色がいいところ、それだけ。なにをしているかは、カイゴの仕事。おばあちゃんの世話をしている。ごはんを一緒に作る。おばあちゃんと子供の話をする。いっぱいする。いろいろ教えてくれる。身体、だいじょうぶかって言ってくれる」

「それは、介護の仕事とは違いますよ」

「でも、マイはそう言った」

マイがそう思っていたというよりも、志麻がそういうものだと思わせたか、言い含めていたと考えるほうが自然だろう。

「ギアのことを言っていましたか？」

「待ってるって言った。たまに電話で話すって」

「直接じゃなく、電話で、なんですね。彼の電話番号は知ってますか」

「ワタシは知らない。マイからかけたときも出ないことが多い。そう言った」

マイがかけていた持ち主不明の番号の相手はギア。確定させていいだろう。ただ、伊佐治の身柄を犯人として確保した以上、本件の捜査本部としては追わないはずだ。通話履歴のあった長野に出張していた戸辺も戻ってきている。

「マイは、ギアの子だったらいいって言った」

暁が考えに耽っていると、ふいに、タオがそう言った。

「若社長の子だったら要らないということですか？」

「違う。おなかのなかで動いていてかわいい。かわいいと思うからギアの子だ。そう信じてる。そう言った」

青梅で見つかった遺棄嬰児の母親がマイだということは、未発表だ。本人を逮捕してから発表すると、青梅署は言っている。今西春子は気づいたかもしれないが、龍宏の不利になることを話したりはしないだろう。親子鑑定の結果も告げていない。

「マイ、名前も決めているって言った。男の子ならロン、龍という意味。龍は幸運を持ってくる。女の子ならヒエン、優しいという意味。早くおなかの子に会いたい。そう言った」

タオが思いだすかのように、穏やかな目をして宙を見ている。

「そういえば以前、タオさんは自分の名前は漢字で書くと草だって言ってましたね。日本もそうだけど、名前に意味を籠めるんですね」

「うん。男の子はかっこいい名前、女の子はかわいい名前つけること、多い」

生まれたのは女児だった。ヒエンと名付けられていたのか。

「そういえばマイさんは？　マイさんの名前の意味も教えてくれますか？」

「梅」

え、と暁は叫びそうになる。

「マイさんの名前を漢字で書くと梅？　二月に花が咲くあの梅？」

「ファム・サイン・マイ。范青梅。サインは色の青、緑。どっちの色もサインって言う。范は……

んー、説明できない。手が治ったら教える」

「青に梅……。マイさんも、自分の名前の漢字を知っていたんですか？」

「もちろん。マイの方が日本語うまい」

マイは自分の名前と同じ名を持つ土地だから、青梅まで行ったのか？　しかも梅の咲く公園まで。

やはりマイは子供を殺していない。自然死だ。

その場所を教えたのは、誰なのか。

「もう生まれてるよね」

タオがほほえんでいる。

「どうでしょうね」

暁は表情を悟られないよう、気持ちを引き締めた。

「生まれたら救世主になるって言った」

タオが、視線を遠くにやりながら言う。

「救世主？　……マイが？　生まれた子が？」

すきにいＳＨＩＰでマイが漏らした救世主という言葉は、彼女を助けてくれる存在のことだと思っていた。……違うのか？

「マイなのかな。でもなにを言ってるか、わからなかった」

23

翌日、今西龍宏殺害の犯人を逮捕したとして、伊佐治大吾の名前をマスコミに発表した。事件発生から一ヵ月弱、なんとか愛知県警の面目が保たれた形だ。

犯行動機は、被害者に対して積み重なった恨みがあった、とだけにしている。事件そのものには関わっていないと思われる伊佐治の妹にマスコミが群がってしまうと、これからの事情聴取に差し支えるのだ。また、被害者の悪辣さを世間に煽るわけにもいかない。

結局は知人が犯人だったという結論に、意外さや衝撃を感じなかったのか、記者からの質問は犯人が身近にいたのになぜ逮捕まで時間がかかったのかという、警察への批判が中心だったという。

「伊佐治はうまく持ちあげてやるとしゃべるな。ある意味、楽だ」

島崎はマスコミ対応をする山城一課長と磯部管理官のフォローに回っていたので、松本が取調官を任されていた。休憩時間となって、捜査本部のある講堂に戻ってきたところだ。

「なにか新たな話が出たんですか？」

福田が訊いた。

「居酒屋鳥菱の話だ。あの店を選んだのは伊佐治だそうだ。客の目の前で、バーナーで鶏肉を炙るだろ。店のサイトの動画でそれを知った伊佐治は、マル害なら生肉を食いたがるはずだ、田神なら嫌がって父親から電話をかけさせるはずだ、そうすれば自分たち三人は先に帰宅することになり、マル害をひとりにできる、と考えたんだそうだ。そのあとはマル害の行動パターンからみてファッションヘルス、キャバクラかガールズバー、一時すぎあたりに迎えを欲しがると、そう読んで誘導したのだと自慢げに話していた。自分は頭がいいと考えている人間、そのものだな」

松本は呆れたように肩をすくめている。暁は「納得です」とうなずいた。

「タオを殺そうとしたのも、先回りをしたつもりでしたし」

「ああ。これだけぺらぺらとしゃべっているのに、傘の女との関連と財布の窃盗は認めない。妹のアリバイが成立することが前提だが、この二点はやはり無関係だろう。それだけを隠す意味がないからな」

とそこで、松本は不動明王の顔になり、暁を睨んできた。

「しかし傘の女ってのはなんだったんだ？　ただの客引きだったんじゃないか？　それをおまえがさあ、マイの持っている靴だって騒いで」

わたしのせいだとでも？　それは心外だ、と暁は思う。

「殺害される直前のマル害と歩いていた女性ですよ。同じような靴を履いていた人物がマル害の身近にいたのなら、無関係だと考えるほうが不自然じゃないですか」

「けど、おまえがあのタオって女に振り回されたせいで遠回りしたんだぞ。あれも嵐山が引いちまったんだったよな。あーあー、俺が最初に事情聴取をしていれば、あんな女に騙されなかったものを」

そういう松本だって、喧嘩相手や田神に目をつけていたではないか。可能性を見つけては潰す、死屍累々の先にあるものを探す、捜査はその繰り返しだ。この講堂を、事件解決という結果で明け渡せそうでなによりだと喜べばいいのに。

上長たちのフォローに疲れたようすで、島崎が戻ってきた。暁が呼ばれる。

「昨日、タオから取ってきた供述を含めて、ファム・サイン・マイの資料を青梅署に送れ。うちはもう彼女を追う必要はない。向こうの死体遺棄事件の被疑者だ」

島崎にそう告げられた。だが。

「本件、今西の件として追う必要がないのはわかりますが、あの氏家美弥子という医師は怪しいです。二年ほど訪れていない軽井沢の別荘を、母親が定住しているかのように偽ってマイを匿ったんです。絶対になにか秘密があります」

「秘密だと？　台風女め。今度はなにを引いてくるつもりだ」

「錯誤や甘言により騙して連れていき、自らまたは第三者の支配下に置いたなら誘拐罪に、自由な行動を阻んでいたなら監禁罪になります。マイが離脱させられた生活環境、つまり住んでいたのはすきにいＳＨＩＰの持っている寮ですから、扱いは中署にできます。うちの事件として扱うことが可能です。やらせてください」

島崎が呆れた表情になり、それから笑った。

「なるほど、おまえも考えたもんだな。しかしさすがに拡大解釈じゃないか？　美弥子は、マイを保護するために提案したと言ったんだよな。それを連れていかれた、誘拐されたと解釈できるかどうか。監禁のほうも、タオの話によると、穏やかに暮らしていたようすじゃないか。罪状の構成要件を満たせると思うか？」

「それらは美弥子のほうの主張です。また、マイがタオに話をしたのは電話です。言わされてたのかもしれません。なによりマイは、彼女らの元から逃げたんです。なにもなければ逃げません」

うーん、と島崎が考えこんでいる。

「わかった。いや、今は許可するとは言えない。マイの主張も確認すべきだという考えはわかった、というだけだ。本筋は青梅署の案件だ。マイ本人を確保したあとで、うちにも事情聴取の時間をもらえるよう頼んでおく。今は目の前のことに集中しろ」

「承知しました」

暁は頭を下げる。

殺害場所での実況見分、伊佐治の妹の事情聴取など、裏付け捜査が日々、粛々と行われていった。たしかに伊佐治の妹は、傘の女ではなかった。アリバイが成立したのだ。

一週間余りが過ぎたころ、マイと同様、本件捜査本部で追わなくなったギアの身柄が、栃木で確保された。野菜の窃盗団の一味として逮捕されたのだ。逮捕された五名全員がベトナムからの元技能実習生だった。それぞれ別の土地の実習先から逃げていた。

暁は、ギアを逮捕した小山《おやま》警察署に話を訊きにいかせてほしいと島崎に頼んだが、許可は与えられなかった。住まいとしていたアパートには、マイらしき女性の姿はなかったという。

続いて、龍宏の財布が見つかった。巡回監視をしていたフリマアプリに出品されたのだ。出品日は伊佐治逮捕のニュースがテレビやネットに流れてから数日後だった。出品者は捜査の終了を待っていたものと思われる。

のちに逮捕された女性もこう言った。

「酔ってふらふら歩いてた男がいたから、心配してあげるふりして近づいて、お尻のポケットから財布を抜き取ったの。中身？　即、使ったよ。ネカフェに泊まれるし、鍵付き個室って贅沢《ぜいたく》だってできるんだもん。財布も売ろうとしたけど、殺されたって知って売れなくなった。だって、きっと警察が捜してるでしょ。その犯人を逮捕したってネットで見たから、もういいかと思った」

女性は、マイと同じビジューのついた白のスリッポン式のスニーカーを履いていた。だいぶ薄汚れている。マイたちと同じように、ヒットの元となった靴を履いていたアイドルのファンではなく、安くてかわいいいから買ったものだそうだ。

ずっと捜していた、傘の女だった。

十月の声を聞いて少ししたころ、長らく入院していたＩＭＡＮＩＳＨＩ社長の今西信宏が他界した。

「どうなるんですかね、ＩＭＡＮＩＳＨＩ。経営陣で残っているのは、春子だけですよね」

福田が暁に訊ねてくる。

「ゆっくりと廃業に向かうんじゃないかな。龍宏が死んだときから、いずれは見えていた道だよ」

「タオやシュアンなどの実習生から解雇されそうですね」

福田が、心配そうに眉尻を落としている。

「技能実習生も日本人と同様の扱いで、契約期間中には解雇できないよ。もしも会社が潰れたら、事業主は監理団体や国際人材協力機構と協力して新たな受け入れ企業を探すというきまりだ」

「嵐山さん、詳しいですね。さすが、関わる会社をいくつも潰しているだけありますね」

暁は福田を睨んだ。

「わたしが潰したわけじゃない。いずれがあると思ったから、調べておいただけだよ。監理団体GSFAの木村に釘を刺すためにね。もしもIMANISHIが今いる技能実習生を解雇するようなら、受け入れ先を探せと迫るつもりだよ。要らなくなったから返却ってのはあり得ない」

「親切ですね。タオにはさんざん振り回されたのに」

福田が、尊敬の籠もった目で見てきた。面映《おもは》ゆさに、暁は横を向く。

「違うってば。あそこにいるのはタオだけじゃないよ。それに困るじゃない、マイやギアみたいに失踪されたら。ふたりとも、なにも悪くなかったんだ。なのにどちらも逃げたのがきっかけになって、罪を問われることになってしまった。同じことが起きないようにする、犯罪の芽を摘むことも仕事のうちだよ」

マイもギアも、今西龍宏の殺害犯ではなかった。けれどそれぞれ、ほかの事件に関わってしまった。日本に来たときは、犯罪に手を染めるつもりなどなかったはずだ。仕事をして技術を身につけ、金を得ていずれ帰国する、それだけだったのに。

ふたりをそうさせてしまったのが、龍宏なのだ。なのになにも償わないまま、追えない世界に逃げてしまった。

捜査本部が解散した。

中署から撤収する最中に、青梅署の八巻から電話が入った。栃木の小山署に出向いてギアの聴取をしたのだという。嬰児が棄てられた可能性のある七月二十三日から二十六日、ギアは捕まった仲間たちと一緒にいたことが判明した。その結果、死体遺棄はマイ単独の犯行と確定させたという。

暁もマイの名前の意味を伝えた。ミドルネームのサインは青。ベトナムでは青色も緑色も同じサイン『xanh』という言葉を使うそうで、観光庁の作ったコミュニケーションシートによると厳密には青を『xanh da trời』と、緑を『xanh lá cây』というようだが、青とみていいだろう。名のマイは梅、だから青梅まで行って埋めたのではないか。そこまでのことをする以上、殺してはいないはず、と説明する。八巻は納得していた。

「マイの行方や手掛かりは見つかったんですか?」

暁が訊ねる。

「結論から言うと、まだです。それにしても、ギアの捕まるまでの生活は、けっこうハードなようすでした。彼がそちらで最後に確認されたのが、建設会社トートーダでしたよね」

「ええ。五月中旬に失踪しています」

「そこにいたときに、次の仕事を見つけようとベトナム人グループのブローカーにふたりして頼ったところ、騙されてしまったんです。まずマイに風俗の仕事が与えられ、しかし妊娠を隠していたことを店から責められて、ブローカーからその分の借金まで負わされたそうです。スマホも没収されて売られた」

戸辺が調べてきたとおりだった。すきにいSHIPの小夏も、マイには借金があるようだと言っていた。やはりブローカーからの借金だったのだ。スマホの件も推理どおりだ。——だとしても。

「ブローカーは、マイをその店に売ったんですよね？　その金があってもなお、マイの借金にされたんですか」

「手数料と違約金だそうですよ。ひどいもんだ。しかもおまえにも責任があるとギアが呼びだされ、長野の塩尻近くに行かされました。仕事は農作業です。彼もスマホを売られたけれど、別の元技能実習生から違法スマホを手に入れて、なんとかマイに連絡をつけたそうです。次の店、すきにいＳＨＩＰにいたマイに、ブローカーを介してね。しかしマイがそこから逃げたせいで、彼女の借金をブローカーから上乗せされてしまったんです。ただでさえ不当に少ない農業での収入のほとんどを持っていかれて、耐えきれないと逃げだし、その後は同じ長野県内、山梨ときて、栃木に流れ着いたとのことです」

「マイが軽井沢にいたときも、ギアは連絡を取っていたようすです」

「そのようですね。ただ先の展望がなにもないのでマイからの電話も避けがちになっていたところ、いつのまにか通じなくなっていたと。実際には、氏家から借りていたスマホの番号が消されたためですが」

とすると出産後のマイは、ギアを頼れていない。

「軽井沢も長野県内ですが、会いにこなかったんですか？」

「居場所を聞いていなかったそうです。マイから、迷惑がかかるから今いる場所は答えられない、と言われていたと。ただ、暮らしに不自由はないと聞いて、腹立たしい気持ちも生まれたとのことです」

「腹立たしい、ですか？」

「タガミ建設から逃げた原因を作ったのはマイなのに、というもやもやした感情でしょう。ギアはそのころ長野にいましたが、すでに窃盗行為に加わっていて、生活もすさんでいたようです」

そういう思いでいたのなら、マイとギアの道は交わらなかったことだろう。

「マイが出産したことも知らなかったそうです。子供は遺棄されたと伝えたところ、結局そうなったのかという、白けた返事をされました」

「他人事ということですか？」

「マイに、きっとギアの子だから、いずれ一緒にベトナムに帰ろうと言われたけれど、彼は気持ちが醒めていたとのことです。そんなに簡単にはいかないだろうし、たぶん、今西の子だろうと。産んだ子を見てそれに気づいたから棄てたのではと訊かれましたが、その返事はしていません」

「自分は巻きこまれたと、ギアは思っているんですね」

「うまくいかないこと続きですからね。気持ちはわからないでもないです」

「ギアは、マイと連絡を取っていたスマホを、八月半ばに処分しているようです。そのことについてなにか言っていましたか？」

「別の窃盗事件の際に、警察に番号を知られたそうです。小山署は、ギアのいた窃盗団をしばらく追っていたんです。余罪もあるようですよ」

ふう、と受話口から八巻のため息が聞こえた。

「残念ながら、またふりだしですよ」

「八巻さん、そのふりだしの話ですが、マイは氏家のところじゃないでしょうか？」

「なにをいまさら。なぜ一度逃げたところに戻るんですか」

呆れたような声で言われた。

「わたし、氏家親子のことがどうも気になるんです。今までうちの事件にかかりきりでなにもできなくて、でもようやく捜査本部が解散しました。美弥子は、志麻が軽井沢にずっと住んでいるかのように言っていましたが、マイを連れてきたのに合わせていっとき住んでいただけなんです。住民票はずっと八王子のマンションにあり、五歳の孫と一緒に暮らしていることになっています。ですが、この五歳の男の子の姿がほとんど見えないんですよ。変でしょう？　志麻自身も留守がちなので、ほかにも別宅なり別荘なりがあるのではと睨んでいるんです」

「その子なら都内の病院に長期入院中ですよ」

さらりと答える八巻の言葉に、暁は耳を疑った。

「入院って、え？　どうして」

「蒼という男の子のことですよね」

たしかに入院しているなら、住民票の住所にいなくても不思議はないが。

「八巻さん、どうしてそのことを知っているんですか」

「歌舞伎を一緒に観にいったご友人から聞きました。小さい子の入院というのは家族の負担が大きいそうですね。名目上、完全看護となっていても、現状は、家族が病院に泊まるようにお願いされるんだとか。でも両親は亡くなっていて、美弥子には仕事がある。親戚という体にしてベビーシッターも依頼しつつ、七十代の志麻もがんばっているのだと。その問題の日は、慰労も兼ねての観劇だったようですよ」

「なぜそれを教えてくださらなかったんですか」

狼狽《ろうばい》するような「え」というつぶやきが聞こえた。

「……言いませんでしたか？　でも、志麻の七月二十三日から二十四日の行動確認でしたよね。その情報は要らないのでは。いや……、あれ、言ってませんでしたっけ。すみません。だけどほら、嵐山さんだってマイの名前の意味にいつ気づいたんです？　今さっきのことじゃないでしょう」

おあいこでしょう、とでも言いたいのか、八巻が取り繕っていた。

「だけど入院って、ベビーシッターって……、あ、もしかしてマイがその」

「そこまでの役割は無理でしょう。ずいぶん以前から同じ人に頼んでいるようですよ」

「そうですか……」

もしかしたら、最初に美弥子と会った日に言っていた病院の付添いとは、蒼の病院だったんじゃないだろうか。なぜ美弥子はその話をしなかったんだろう。いや、自分がもっと追及していればよかったのだ。

でもなにか……なにかがまだ引っかかる。周囲から怪しまれないよう、マイを軽井沢という別荘地で保護していた理由が。

「あの、八巻さん、それでその蒼は、なんの病気で入院しているんですか？　マンションからは、たびたびいなくなっているようすですが」

「それが、白血病の治療だそうですよ。いや、再生不良性貧血だったかな。……どちらにしてもまった五歳だというのに、聞くだけでも辛いことですね」

白血病？

「では我々は、引き続きマイを捜します。それで、そちらの殺人事件とはもう関わりがなくなったわけですが、ご連絡のほうは――」

「ください。氏家がマイを連れていった経緯には疑念を持っています。マイを確保したら教えてください」

暁はお願いしますともう一度言い、礼をして電話を終えた。

顔を上げると、もう松本も福田もみな引き払っていた。中署の捜査員が机を片づけている。立ちすくんでいる暁を不審そうに見ていた。

と、講堂の出入り口から島崎が戻ってきた。

「おい、嵐山。なにをやっている。作業の邪魔だぞ」

「すみません。……えっとあの、白血病の治療ってどういうことをするんでしたっけ」

「いきなりどうした。手に持ってるそれで調べればわかるだろ」

島崎が、暁のスマホに目をやっている。

「そうでした。今、ちょっと頭が混乱していて。自分で調べます」

「まあ、たぶんだが、薬や放射線療法、骨髄移植じゃないか？　若いヤツはイメージが湧かないかね。昔は不治の病だったから、ドラマがいっぱい作られてたぞ。もちろん今でも亡くなる人はいるが、治癒率は以前より上がってるはずだ」

「薬が良くなったんですか」

「それもあるだろうが、骨髄バンクのおかげもある。とはいえ、白血球の型が合わなければ骨髄移植はできない。他人が合う確率は相当低かったはずだ」

「合うのは親ですか」

「いや、兄弟姉妹の確率が最も高かったはずだ。両親からの遺伝子を引き継ぐわけだからな。四分の一だったか、三分の一だったか。……おっと奇数にはならないな」

「きょうだいはいない。……でも」

死んだ黒野古都子は、妊娠していた。

24

氏家美弥子の呆れたような目が、暁に向けられていた。

「ニュースを検索しましたよ。マイさんの勤めていた会社の方が殺されたんですね。お調べになっていたのはその事件でしょう。でも犯人は逮捕されたんですよね。いまさらなんのご用でしょう」

先日も通されたカンファレンス室だ。美弥子も、紺色のスクラブの上に白衣を羽織るという、まったく同じ格好をしている。

「マイさんを保護したままではないですか？」

暁の質問に、美弥子が苦笑した。

「なにを言ってるの？　彼女は出産後、子供とともに消えました」

「でもまだ彼女が必要ですよね」

「母の世話のことですか？　たしかに見守りをする人は欲しいけど、なんとかしますよ」

「違います。必要なのは彼女の子宮。彼女に代理母を頼んでいたんじゃないですか？」

美弥子が片方の眉を少しだけ動かした。

「代理懐胎のこと？　日本ではずいぶん行われていませんね。以前、母娘間での代理懐胎を行った医師もいましたが、今は、やっていないと公言しています。日本での代理懐胎は違法ではなく、法整備が整っていない状態なんです。だからやりたい人は海外で行うでしょう。もしも患者さんに相談されたら、私は関わらないけど興味があるならネットで調べてみたらと言います」

「はい。芸能人で、海外の代理母に出産してもらったことを公表している方はいますね。でも、それは両親が生きている場合です。死んだ人の子供を作りに行くことは難しいんじゃないですか」

「なにを言っているの？　死んだ人の子を作ってどうするの」

「救世主ベビー」

暁の放った言葉に、美弥子の目が細くなる。

そんな言葉があることを、暁は知らなかった。だが子供の治療のために新たな子供を作ること、すなわちドナー・ベビーを調べていたところ、行き当たった。二〇〇〇年に、アメリカで初の出産とされる例がある。イギリスでも追って誕生者が出たという。さらに調べると、国内でも医学系の大学で救世主ベビーが倫理的に認められるかどうかの議論が行われ、レポートも書かれていた。現在ではアメリカを中心に数百人ほど生まれているという説もあった。無論、日本では承認されていない。

「きょうだいの病気を治すために産む子供のことを、そう呼ぶそうですね。治すといっても臓器を取って移植するのではなく、白血球――ＨＬＡの型を同じにして、骨髄移植に、正確に言うと造血幹細胞移植に使うための子供です。ＨＬＡ型が一致する確率は、他人なら数百人から数万人にひとりで、骨髄バンクの登録者から合致者を見つけるのには時間がかかるそうですね。でも、兄弟姉妹間なら四分の一の確率にまで上がる。着床前の遺伝子診断をすればHLAの型はわかります。その合致する受精卵を子宮に入れて救世主ベビーを産み、そのときの臍帯血《さいたいけつ》から採れるものを使う。それなら生まれた子を傷つけることもないとか」

「着床前の遺伝子診断は、新たに産もうとする子の病気を調べる場合に行います。日本産科婦人科学会への申請と承認も必要です。簡単にできることのように言わないほうがよいでしょう」

美弥子が、生徒に教え諭すように言う。

「でも技術的には可能ですよね。黒野蒼くん、美弥子さんの妹の古都子さんの子供、つまり甥御《おいご》さんが白血病で、薬による療法を受けるために、現在入院中とのこと。調べたところ三年前に発症がわかり、何度か入院していて、造血幹細胞移植を望まれている。その子のためなら承認など無視するつもりだったのでしょう」

「病院が、そんなことを他人に教えるとは思えませんが」

「お母さまと観劇をしたご友人に訊ねました」

「老人はおしゃべりね」

「話を戻しますが、蒼くんにはきょうだいがいない。黒野徹さんも黒野古都子さんも亡くなってしまった。でも受精卵は残っているんじゃないですか？　HLAの型が同じ受精卵が。受精卵はマイナス一九六度で保存され、何十年も同じ状態を保つことができるとか。マイさんは、自分の子の出産後に代理懐胎をしてほしいとあなたから依頼され、代わりに生活の保護と多少の報酬を約束された。代理懐胎により生まれた子供は、密《ひそ》かにあなたの子にでもするつもりだったのでは」

それが、美弥子がマイに求めた対価だ。

すきにいＳＨＩＰの小夏やタオを介して伝わった「救世主」というマイの言葉は、マイを救うものではなかった。

マイを、蒼を救う手段として利用するための、美弥子の言葉だったのだ。

暁は、美弥子の顔をじっと見つめた。美弥子は軽いほほえみをずっと浮かべている。職業的なフェイスガードなのだろう。そのガードの向こうから問いかけてくる。

「おもしろい話ね。どうしてそんな突拍子もないことを考えたの？」

「古都子さんが亡くなったのは今年四月、けれど妊娠七ヵ月でした。徹さんが亡くなったのは一昨年の夏なのに、計算が合いません。古都子さんは、蒼くんのために下のきょうだいを、救世主ベビーを産もうとしていたのではないですか？」

「妹はまだ三十代でした。恋人ぐらいいたでしょう」

「病気の子供がいるのにですか？」

「そういう非難の仕方はおかしいと思いますよ。子供のいるシングルマザーが恋をするケースはあるし、それをすべて悪いことに結びつけるのは偏見です」

非難したつもりはないが、そこを争うのはやめた。

「失礼しました。ですが徹さんが亡くなったのは蒼くんの発症後です。精子なり受精卵なりを残しておこうと考えるのは自然です」

「自然かもしれないけど、それも想像ですよね」

「古都子さんは亡くなるまえに、おなかの子供だけでも生かしてほしいと病院に頼んでいましたよね。蒼くんのために」

「甥の存在を抜きにしても言うでしょう。母親として当然の気持ちですよ。そういった選択を迫られる分娩は、ままあるんですよ」

暁はゆっくりとうなずいた。顔を上げ、笑いかける。

「わたし、その日の救命救急を担当していた看護師さんにお会いしたんですよ。古都子さんはどうしてもお姉さんと話をさせてくれと頼み、かなえられないとなって伝言をお願いしたそうですね。――蒼を助けてと」

美弥子から表情が消えた。返事がない。

ここだ。

切りこもうと暁が口を開いたとき、美弥子はまた笑顔を見せてきた。

「……子供ひとりが残されるんです。今後を頼むのは当然よ」

美弥子の目が腕時計に向き、再び暁を見てくる。先日と同じように、もう帰れと言っているのだ。

そうはいくか。

「マイさんは、ふたりの人間に『救世主』という言葉を伝えていましたよ」

「自分は代理懐胎をすると言ったの？」

美弥子が首をひねる。

「いえ。けれど『一年かもうちょっとぐらい、日本にいて働く』『生まれたら救世主になる』と言っていたそうです。今のわたしの説明と、ぴったり合いますね」

「それは母の世話のことでしょ。床上げが済んだら別荘をきれいにしたいって言っていたもの。畑を増やしたり、壊れているところを直したりね。恩返し期間のつもりだったんじゃないかしら」

「そのお返事は予想していました。最初はわたしもそう思っていたから。けれど必ずマイさんを見つけだして確認します。あなたが隠している場所から」

美弥子はほほえみながら、ふうと息をついた。

「いません。しつこいですよ」

「警察ってしつこいものなんです。ああ、最後にもうひとつ、なぜマイさんが青梅まで子供を埋めにいったのか、理由がわかりました。知りたいですか?」

「そうね。教えて」

「ファム・サイン・マイという名前を漢字で書くと、范青梅になるそうです。青梅は彼女の名前だったんです。その場所に埋めてあげたかった、自分の名のもとで包んであげたかったんです。マイさんは、子供を大切に思っていたんです」

「それは、私も申しあげましたよ。あの子が子供を殺すなんて、信じられなかったもの」

「青梅という土地や梅の公園を教えたのはお母さん、志麻さんですね。マイさんのほうが先に、自分の名前を漢字で書くと青梅になると伝えたんでしょう。そのきっかけはたぶん、志麻さんが彼女に教えたねじり梅だったのではと思います」

「……人参で作る飾り切りのこと?」

美弥子はすぐにわかったようだ。暁は、形に見覚えはあったが名称までは知らなかった。刃物を使うかどうかのほうに意識がいっていて、あとで調べて知ったのだ。単なる花形ではなく、中央からねじるように立体的な花びらが作られている飾り切りだ。

「筑前煮を作るときに教えたそうです。そこで飾り切りの名前の話、マイという名前の漢字の話になったのでしょう。蒼という名前も青色だから、シンパシーを感じたのかもしれませんね。そして、梅が咲く季節でもないのに梅の公園に行った。志麻さんは、美弥子さんには内緒でドライブに行ったと言っていましたから」

「だとしても、それがなんなのかしら」

暁はもう一度、美弥子の顔を、目を、覗きこんで凝視する。

しかし美弥子の表情は、変わらないままだ。

「だから、青梅で見つかった嬰児の遺体とマイさんの子供が結びつかなかったというおふたりの話が、信用できないんです。彼女の子だと気づいていたんじゃないですか？　そして彼女を捜しにいき、もう一度保護したんでしょう」

「違います。もうお帰りください」

美弥子が手で扉を示している。暁は立ちあがった。

「蒼くんを救いたいというおふたりの気持ちは理解できます。けれどそのために他人の身体を利用する、それは許されることだとお思いですか？　行き場のないマイさんなら言うことを聞くとでも思ったんですか？　誰かに利用されていい人なんていません」

「何度も言っていますが、善意で保護しただけです。あなたの言ったことはすべて的外れですよ」

美弥子がにっこりと笑った。

代理懐胎を阻む法律はない。それは暁も美弥子と会う前に調べていた。分娩した女性を母親とするという最高裁判例があるため遺伝子上の母親の戸籍には養子の形で入れるしかないという民法上の問題、代理懐胎契約は民法九〇条の公序良俗違反によって無効化されるという説、ほかにも、生まれた子の権利や福祉、母体の健康や保護、医学的安全性、第三者を生殖の手段として扱う倫理的問題などなど、議論すべき点は山ほどあるが遅々として進まず、法整備は止まったままだそうだ。

今は、日本産科婦人科学会の出した「代理懐胎の実施は認められない」というガイドラインに医師たちが従っているだけのこと。ゆえに希望するものは代理母を求めて海外に行く。もしかしたら国内でも、密かな取引がされているのかもしれない。

救世主ベビーも同様だ。その生殖医療を規制する法律がない。誰かを救うために生まれたのだとしても、隠されてしまったらわからない。

違法でない以上は、警察の出る幕ではない。だから美弥子はあんなに堂々としていられる。でも、強い立場の人間が、弱い立場の人間を使って自分の利を得ようとした。他人の身体を、健康を、道具として扱った。その道義的な責任はあるはずだ。

氏家家は、伊豆《いず》にも別荘を持っていた。古都子が父親から相続し、彼女が死亡したあとは蒼の名義になっている。先日、調べきれなかったのはそのせいだ。志麻は今、軽井沢にも八王子の自宅マンションにも、蒼の病院にもいない。そこが怪しい。

美弥子に、伊豆の別荘を知っているとぶつけるか、状況次第だと考えていた。美弥子に表情の変化は少なく、こちらの指摘だけでは落ちなかった。逃げられるまえに奇襲すべきだ。

暁は駅への道を急いだ。

マイを捜しだして供述を取る。そして家宅捜索の令状を取る。氏家マタニティクリニックには、古都子と夫の受精卵が保存されているはずだ。誘拐と監禁そのものの証拠にはならずとも、動機の証明として使える。そこから切り崩す。

八王子から伊豆へは、横浜を経由して専用の特急電車か、新幹線の熱海《あたみ》駅経由で向かうルートがある。特急は本数が限られているため、新幹線を選んだ。

暁がこだまに乗りこんだところでスマホに連絡が入った。島崎だ。デッキに向かう。トイレが空いていたので入った。声を潜める。

「お待たせしました、嵐山です」

「今どこにいる」

「新幹線です。氏家家が伊豆に別荘を持っていることがわかったのでそちらに――」

「中止だ。そのまま名古屋まで戻ってこい」

「どうしてですか」

「岐阜南署から連絡が入った。マイの遺体が山梨で見つかった」

暁の目の前が揺らいだのは、気のせいか、新幹線の振動のせいなのか。

「……まさか美弥子が」

島崎の、呆れたような鼻息が聞こえた。

「勘違いをするな。交通事故だ。プラス死体遺棄。犯人ももう捕まっている。山梨県北都留《きたつる》郡丹波《たば》山村《やまむら》の国道四一一号脇の山から死後数ヵ月の女性の遺体が発見されたのがことの発端で、二週間半ほど前のことだ。伊佐治の逮捕後だな。骨折痕と、衣服の隙間に入りこんだヘッドライトカバーの欠片《かけら》から、車に撥ねられたものとして車種を絞りこみ、修理の履歴を調べて犯人を逮捕した。この国道四一一号というのは青梅からつながっている。嬰児の遺体が見つかった場所に近い日向和田あたりを歩いていた女性を撥ねたと、犯人が供述した。七月二十三日の深夜だったそうだ。すぐに女性のスマホの電源を落とし、遺体を車に乗せて以前から知っていた山に遺棄した。女性の持っていた鞄は同じ国道の別の場所に捨てたと供述したため、捜索して発見したところ、なかにマイのパスポートが入っていた。マイの行方不明者届が岐阜南署に出されていただろ。丹波山村を管轄する上《うえ》野原《のはら》警察署から連絡が来たそうだ。うちの事件は終わっているが、我々が彼女を捜していたこともあって岐阜南署が電話をくれた。ちなみに鞄のなかには、子供の髪もあったそうだ。大事そうに、ガーゼ状のものに包まれていたらしい。親子鑑定のためではなく、形見のつもりだったのかもしれないな」

「青梅署には」

暁は、自分の声が震えているのに気づいた。

「上野原署が連絡しているんじゃないか。嬰児の死体を遺棄したのはマイと確定、あとは身柄の確保だけという話だったよな。被疑者死亡で送検するんだろう。ジ・エンドだ。うちも、な」

「うちもですか」

「仕方がないだろ。嵐山の読んだ筋にはなるほどと思ったが、もともと綱渡りだ。マイ本人の供述が取れない以上は、誘拐にせよ監禁にせよ、立証することができない」

暁は、また振動を感じた。新幹線が揺れている。右に、左に。自分の気持ちも揺らされている。マイは、美弥子から、志麻から、本当はどういった扱いを受けていたんだろう。マイが感じていたことはもうわからない。わかってあげられない。

「……でも。……でもマイは、監理団体ＧＳＦＡには取り換えのきく道具扱いをされて、ＩＭＡＮ

ＩＳＨＩではレイプ被害に盗難の罪まで着せられて、時間切れで堕胎できず、ブローカーに売られて、そのうえ他人の子を産まされそうになって。これだって道具扱いです。あんまりですよ。そんな不当なことをされながら、声も上げられずに死んでしまったただなんて」

犯罪行為が起きたら、その犯人を捕まえて被害者の悔しさに報いる。けれどそれがあやふやなままで、どうやって悔しさに寄り添ってあげられるのだ。

「嵐山」

「はい」

「ブローカーに売られて、までだ。あとは想像にすぎない」

島崎の声が、厳粛に告げてくる。

「そうですけど……。またやりますよ、美弥子は。別の、元技能実習生や不法滞在の留学生といった行き場のない人間を見つけてきます。代理懐胎は違法ではなく、認められていないだけ。日本産科婦人科学会の見解に沿って、行われていないだけなんです。甥の命と引き換えなら、その学会から出される覚悟ぐらい持っているでしょう。犯罪を未然に防ぐことも我々警察の使命で——」

「いくら不当でも、違法でないなら犯罪として扱えない」

「でも」

「諦めろ。法律がことの重さや非道さに追いついていないケースなんて、いくらでもある。その悔しさでほかの不正義に立ち向かえ」

そっけなく、電話が切れてしまった。

暁の身体が、また揺れた。

エピローグ

美弥子は、薄暗い病室にいる少女に声をかけた。

「おなかの痛みはどう？　出血はだんだんと治まっていくから、心配しなくていいわよ」

ベッドに横たわっていた青白い顔の少女が、なにかをシーツの下に隠した。小さな光が漏れている。

「スマホ？」

「あ、はい」

少女のか細い声がした。

「もう十時すぎなんだから、寝なきゃダメよ。横になっていなさいという意味じゃなくて、睡眠を取りなさいね」

「はい。……あの、本当に堕胎のお金は払わなくていいんですか？」

「ええ」

「あのお、変な病気とかそういうの、かかってなかったですか。アタシ、泊めてもらうために何人か。それにずっと……」

「検査済みです。だいじょうぶよ。しっかり寝て体力を回復させましょう。明日になったら伊豆に移動するからね」

「あー、あの伊豆か軽井沢かって話、やっぱ軽井沢がいいな。調べたらいろんなお店があるみたい」

それまで不安そうだった少女の声が、とたんにはしゃいだ。

「急なことを言うのね。わかりました。でも明日すぐというのは、こちらも準備があって無理なの。いったん伊豆に行ってからにしましょう」

「無理かー。残念。軽井沢で遊んでからにしたかったのに」

「しばらくは遊べるわよ。でも約束は果たしてね」

「わかってます。じゃあ寝ます」

少女がシーツを頭の上まで持ちあげた。その一瞬、左手首の傷が覗き見えた。

痛々しさを感じながら、美弥子は病室を出ていった。廊下の灯りは抑えている。

マイの出産予定日が見えてからずっと、ヘルプに入る医師の都合がつかないという理由で分娩の患者を受けていなかった。入院が必要になった患者は転院先を紹介している。だから宿直も置いていない。

美弥子は白衣のポケットからスマホを取りだして、少女のSNSアカウントを確認した。新しい投稿はされていない。YouTubeでも見ていたのだろう。

少女には、美弥子とやりとりをしたメッセージを消すよう指示してあった。美弥子のほうも消している。

SNSを介して彼女を探しあてるまでには苦労をした。彼女の前にやりとりをしていた女性がふたりいたが、会ってみるとひとりは性病があり、ひとりはそれほど追い詰められていなかった。追い詰められている人でないと逃げられてしまう。ふたりとは、具体的な話をしないまま、治療やアドバイスをして終わりにした。とても感謝された。

少女はその点、条件に合っていた。幼い顔立ちなのでつい少女という認識を持ってしまうが、二十歳の成人だ。

彼女は、十五歳からずっと義父の性的虐待に遭い、逃げて繁華街で神待ちをして暮らす生活を続けていたそうだ。そんななかで生理が来なくなり、妊娠判定キットを使ったところ妊娠が判明した。早く堕胎しないといけないが、金もなくツテもなく、家族も頼れない。いっそ死んだほうが楽なのではと古傷の上にまた傷を増やしていた。

将来の夢はカフェで働くこと、できれば自分で開くこと。もっと小さい夢は毎日シャワーを浴びること。そんな少女に、身体の見返りなく手を差し伸べてくれる人はいない。

そこまで知ってから、美弥子は契約を持ちかけた。少女も応じた。

マイがいなくなったあと、ずっと探していた相手だ。これでやっとと、安堵のため息をついた。それでも少し、美弥子は不安を持っている。いきあたりばったりの生活をしてきたせいか、ふわふわしているのだ。マイほどの覚悟を感じない。

——あの日。

妹の古都子から蒼の病気を知らされた三年前、美弥子は提案をした。骨髄バンクからの連絡を待つのは当然だが、次の子供を、その造血幹細胞移植のために作るという手立てもあると。海外では行われている方法で、不妊治療として用いられる体外受精と同じだ。ＨＬＡ型が一致する受精卵を胎内に戻してあげるだけだと。

古都子ははじめ、いい顔をしなかった。蒼のためとはいえ、治療の手段としての子供を作るだなんて、生まれてくる子供に申し訳ないし、本人が知ればどう思うのかと。

その考えを変えたのは、薬物療法でやせ細った蒼の姿と、義弟の徹の発病だ。進行の速い癌だったが、精子の採取は可能で、受精卵も無事に着床した。

これで蒼が助かる。徹にも新たな子供の顔を見せられるかもしれない。

その願いはむなしくも、徹の死ののちに古都子が流産したことで消え去った。

志麻は泣いたし、美弥子も泣いた。けれど古都子は泣かなかった。まだできる方法がある。蒼を助けなくてはいけない。徹のように死なせてはならない。残っている徹との受精卵を使って、蒼と同じＨＬＡ型を持つ子供を産むのだ、と。

古都子はそれを、母親としての使命だと考えていた。

体調やタイミングの悪さもあって次の妊娠には時間がかかったものの、その後は順調に週を重ねていった。入退院を繰り返す蒼に、やっと希望の光が見えてきたのだ。今度こそはとみなが思っていた。

初夏といってもいいほど晴れ渡った春の日に、その太陽の眩しさのせいなのか、古都子は脇見運転の車に轢《ひ》かれてしまった。

蒼を救うはずの胎児は巨大な鉄の塊に潰され、古都子もまた命を落とした。

美弥子の名を呼び、蒼を助けてと、いくどもいくども繰り返していたという。

臨終を告げられてからしか古都子には会えず、握ったその手は、急速に冷えはじめていた。

使命が、美弥子に手渡された。

方法はある。しかしどうすればいいのかと美弥子は悩んでいた。誰か、口が堅くて信頼のできる医師に、自分の子宮への着床を依頼することは可能だろうか。だがもしも表沙汰になれば、自分ばかりかその医師までが学会にいられなくなる。

そんなふうに思っていた研修会で、もうひとつ方法があることに気がついた。友人の医師たちが、夜の店で会った妊婦の話をしていたのだ。

マイにはかわいそうなことをしたと、美弥子は思っている。

だがマイが逃げたのは、彼女自身が誤解をしたせいだ。

生まれた子供は体重こそ二千グラムを超えていたが、エコーで診た胎児の大きさから三十四週と診断していたものの泣き声は小さく、軽いチアノーゼが出ていた。

うちでは対応しきれなくなるかもしれない。肺か心臓に問題のある可能性が高いから大きな病院で詳しく検査をしよう。蒼のいるところは小児の設備が整っているので転院しよう。身元はどうとでもごまかせるから。そうマイに伝えたが、生まれた子供の臓器を蒼に使うのではと誤解をされた。マイに望んでいるのは、蒼と同じHLA型を持つ子供を産んでもらうことだけだ。マイの子はその間、志麻と一緒に育てるし、マイの子にも新たに産んでもらう子にも傷をつけることはないと説明していたのに、理解できていなかったのだろう、騙されたと思ったようだ。

刑事にした説明とは少し違い、本当は、消灯後にスタッフが帰ったあとで起きたできごとだ。目を離したすきに、マイは子供を保育器から出してしまっていた。

美弥子が気づいたときにはもう、子供の息は消えかかっていた。救命を試みたものの手遅れとなった。泣きじゃくるマイに、殺したのではなく生きられなかっただけだと諭して、手続きをするから休んでいるようにうながした。なのに結局、そのまま逃げられてしまった。子供から臓器を取られると、まだ思っていたようだ。

ベトナム人の恋人に何度か連絡を入れていたようなので、彼のところに行くのかもしれない。ならば自分たちも、次を探すしかない。

青梅で嬰児の死体が発見されたと知ったときは驚いた。連れていったことのある場所かもしれないと志麻から告白されて、マイの子だと確信を持った。けれど申し出るわけにもいかない。志麻はマイを気に入っていたので残念そうだった。軽井沢の、車でしか移動できない別荘地にずっと住んでいるように装ったのは、逃げられないようにしていることをマイに気づかせないためだ。なのに志麻は、夏の間じゅう居続けた。マイが戻ってくるのではと、期待していたのかもしれない。

刑事は小蝿のようにつきまとい、核心までついてきたが認めるわけにはいかない。ごまかし続けた。

マイが死んでいたことは、ニュースで知った。ほっとすると同時に、ますますかわいそうになった。マイを救ってあげたかった。じゅうぶんな金を持たせて、マイ自身の子とともにベトナムに帰国させるつもりだった。——彼女が誤解さえしなければ。

マイにしてあげられなかった分まで、今度はあの子を救うのだ。美弥子は改めてそう思う。しばらくの居場所と新しく部屋を借りる金、カフェを開く資金の一部を、一年余りであの子は手にできる。これは人助けと言っていいはずだ。志麻には、伊豆での生活の用意を整えてもらっている。軽井沢に急遽《きゆうきよ》変更になったと、連絡をしておこう。

病院の外が騒がしくなった。

入院は受けていないが、診ている患者に急変があったのかもしれない。対応しなくては。

美弥子は受付に向かい、扉に人の影を認めて鍵を開けた。

スーツの男性と女性、制服を着た警察官が数名立っていた。有無も言わさぬようすで病院内に立ち入ってくる。

「なにごとですか。ここは病院ですよ。勝手に入らないで」

「八王子警察です。こちらに少女が監禁されているという通報がありました」

いかつい顔をした男性が答える。

「監禁？　なにを言ってるの」

「本人からの通報です。助けてくれと」

「二〇二号室にいるとも連絡が入っています。二階ですよね。階段はどこですか？」

最初の男性にかぶせるように、スーツの女性が訊ねてくる。こっちに階段があると誰かが大声で言い、受付の横から上っていく。美弥子は追った。

「待って。わけがわかりません。患者がいるんですよ」

本当は、いるのはあの少女だけだ。二〇二号室、彼女が通報をしたということかと、美弥子は困惑する。

「刑法第二二四条、未成年者略取罪と、同二二〇条、逮捕・監禁罪で病院内を確認させていただきます」

「未成年？　違います。患者は――」

「いましたー。二〇二号室、こっちです」

階段の場所を伝えた声が、病室の扉を開けている。ベッドのそばまで寄って、立てますかと訊ねている。

「待って、もう少し横になっていないと」

美弥子は止めた。

「担架を探せ。誰か、救急車を」

「ここで寝ていればいいだけの話ですよ。監禁なんてしてないし、なによりこの子は二十歳の成人です」

「ごめーん、センセー。アタシ十七歳」

半身を起こした少女が、左手を振ってくる。

「十七？　だってあなた二十だって、学生証も」

「あれは従姉《いとこ》の。成人済みにしておいたほうがやれることが増えるからって家出するときに持たせてくれたの。そこまで似てないと思ってたけど、意外といけるね」

「あなたが話してくれた身の上話は……」

「ちょっと盛ったかな。でも義理の父親の話は本当。最低な男だよ。最低すぎて、従姉にまで手を出そうとしてついに逮捕された。その従姉がアタシのことも警察にぶちまけて、怒られた母親がようやく離婚を決意したってわけ。センセーの計画にOKしたあとのことだよ。やばいなー、逃げたいなー、どうやったら逃げられるかなー、って思って従姉に話したら、それ監禁じゃん、あんた未成年だからなんかそれ系の罪あるよ、って言って調べてくれて。でも手術はしてほしかったから、そのあとのタイミングでって思ってた」

美弥子の目の前が暗くなる。震える声で言った。

「……騙したのね」

「だってほかの人の子供を産むなんて、あり得ないじゃん」

「それはどういう意味ですか？」

スーツの女性が目を剝いている。

「説明します。けれどそれは違法ではなく――」

「詳しい話は署で伺います。言い訳もそこで。氏家美弥子、未成年者略取罪で現行犯逮捕します」


氏家美弥子逮捕の報は、一週間ほど経ってからマスコミに大きく取りあげられた。罪名である未成年者略取よりも、十七歳の少女に代理懐胎を持ちかけたことでだ。少女側が情報を売ったと思われる。


暁も調べた代理懐胎に関する問題、法律がないことや、生まれた子の扱い、妊娠を委託された女性の人権、一方で子供を持つ権利、海外でなら出産を依頼できることの是非など、さまざまなコメンテイターがさまざまな意見を、ここぞとばかりに述べては騒いでいた。

「法律はない、か。嵐山、おまえとんでもないものを引いたな。さすがは台風女だ。世の中が騒がしいったらないぞ」

愛知県警本部、刑事部捜査第一課の自分のデスクで、松本が呆れたように言う。

「わたしが引いたんじゃありません。マイの件ではなにもできなかったんですから。台風を引き寄せたのは美弥子本人ですよ。代理懐胎を持ちかけた相手が十七歳だっただなんて、自業自得です」

暁は淡々と応じる。

「けど、美弥子本人は未成年者だと知らなかったって言ってるんだろ。犯罪の故意がない場合は、構成要件がなくなるぞ」

松本が、不動明王の顔を歪めてみせてきた。

未成年者略取罪の構成要件のひとつに「故意」がある。未成年者が自分は成人だと思いこませ、相手もそれを信じた場合は、ここが崩れる。ただし、未成年かもしれないと知り得た場合は、未必の故意が成立する。

「それは検察がどうもっていくか次第じゃないですか。わたしは罪の問題より、道義的な問題のほうが大きいと思ってます。美弥子は、マイやその十七歳の子のような行き場のない人間を見つけてきて、自分の目的を遂行するための道具にしようとした」

その道義の部分に対して、美弥子は社会的な制裁を受けようとしている。

「でも、自分のためじゃなくて、甥のためですよね。救世主ベビーでしたっけ、その子が生まれないと、白血病の甥は死んでしまうんじゃないですか？」

福田が訊いてくる。

「蒼は、死ぬとは限らない。薬、放射線療法、白血球の型が一致するドナーを待ちながら治療に臨む、それはほかの患者も同じだよ。美弥子はそこを、ショートカットしようとしたんだ」

美弥子が十七歳の少女に代理懐胎を持ちかけた理由、黒野蒼のための救世主ベビーが必要だったという話は、まだ世間には流れていない。だが今、マスコミが彼女の周辺を調べまわっている。早晩、明かされるだろう。代理懐胎の是非とともに、きょうだいのために作られる救世主ベビーの人権や是非についても騒がれることは間違いない。誰かを救う手段として子供を作りだすことは、果たしていいのかと。

　他人を救世主と崇めて、自分たちの利益のために存在させようとすることが。

「そう……ですよね。ただ僕、美弥子の気持ちもわからなくもなくて」

　素直で優しい福田らしい感じ方だ。

「それは、我々の立場からはわかると言うべきじゃない。誰かの気持ちに寄り添ったり、悔しさに報いるべきなのは、被害を受けたほうに対してだよ」

「はい……」

　暁も、蒼には同情している。美弥子の甥を思う気持ちも、理解はできる。だがその気持ちを受けいれるつもりはない。美弥子はマイを、その十七歳の少女を、自分と同じ人間を、道具として扱ったのだから。

　暁の目の前で、電話が鳴った。

　険しい顔をした島崎が、早足で部屋にやってくる。

「妊婦の死体が見つかった」

〈主要参考文献〉

『警察用語の基礎知識　事件・組織・隠語がわかる!!』古野まほろ　幻冬舎新書
『警察官という生き方』久保正行　イースト新書Q
『ミステリーファンのためのニッポンの犯罪捜査』北芝健 監修、相楽総一 取材・文　双葉社
『図解　科学捜査　証拠は語る！〝真実〟へ導く！』山崎昭 監修　日本文芸社
『法律家のための科学捜査ガイド　その現状と限界』平岡義博　法律文化社
『医事法入門〔第6版〕』手嶋豊　有斐閣アルマ
『しくみ図解　繊維の種類と加工が一番わかる』日本繊維技術士センター編　技術評論社
『入管ブラックボックス　漂流する入管行政・翻弄される外国人』木下洋一　合同出版
『五色《いつついろ》のメビウス――「外国人」と　ともにはたらき　ともにいきる』信濃毎日新聞社編　明石書店
『ボーダー　移民と難民』佐々涼子　集英社インターナショナル
『ベトナムを知れば見えてくる日本の危機　「対中警戒感」を共有する新・同盟国』梅田邦夫　小学館
『北関東「移民」アンダーグラウンド　ベトナム人不法滞在者たちの青春と犯罪』安田峰俊　文藝春秋

このほかにもさまざまな書籍や新聞記事、テレビ番組、ウェブサイトを参考にさせていただきました。

本作品は書下ろしです。

※この作品はフィクションであり、実在する人物・団体・事件などには一切関係がありません。

水生大海（みずき・ひろみ）

三重県生まれ、愛知県在住。2005年「叶っては、いけない」が第1回チュンソフト小説大賞ミステリー／ホラー部門銅賞受賞（亜鷺一名義）。'08年『少女たちの羅針盤』（原題「罪人いずくにか」）で第1回ばらのまち福山ミステリー文学新人賞優秀作受賞。'09年に同作でデビュー。'14年、「五度目の春のヒヨコ」が第67回日本推理作家協会賞短編部門の候補作になる。著書に「ランチ探偵」シリーズ、「社労士のヒナコ」シリーズ、『冷たい手』『だからあなたは殺される』『宝の山』『女の敵には向かない職業』『マザー／コンプレックス』『あなたが選ぶ結末は』などがある。

救世主《きゅうせいしゅ》

2024年6月30日　初版1刷発行

著　者　水生大海《みずきひろみ》
発行者　三宅貴久
発行所　株式会社 光文社
〒112-8011　東京都文京区音羽1-16-6
電話　編　集　部　03-5395-8254
　　　書籍販売部　03-5395-8116
　　　制　作　部　03-5395-8125
URL　光　文　社　https://www.kobunsha.com/

組　版　萩原印刷
印刷所　堀内印刷
製本所　国宝社

落丁・乱丁本は制作部へご連絡くだされば、お取り替えいたします。

ISBN978-4-334-10355-2